レジェンドノベルス
LEGEND NOVELS

迷宮の王 1

ミノタウロスの咆哮

contents

LEGEND NOVELS

迷宮の王

1

ミノタウロスの咆哮

第1話　ユニークモンスター

1

サザードン迷宮の十階層。

人間たちがボス部屋と呼ぶ空間に、一体のミノタウロスが湧いた。

牛に似た頭と人に似た体を持ち、両手に斧《おの》を携えたモンスターである。

ぶるぶるると頭を振って、まぶしそうに両の目をあける。

外の世界と比べれば薄暗い空間だが、この世に出現したばかりのミノタウロスにとって、光の刺激はいささか強すぎたのだ。

匂いがする。

全身から発する欲求を満たしてくれるものの気配がする。

ミノタウロスは洞窟の奥に目の焦点を合わせた。

そこには小さな湖があった。

むろん、モンスターにすぎないミノタウロスは、湖という言葉など知らない。だがそれが自分の今まさに求めているものであることは、誰に教わらずとも知っていた。

ミノタウロスは、湖に駆け寄った。

膝を突いて湖面をのぞき込むと、自分の顔が映っている。

水面《みなも》から立ち上る、しめりけのある涼やかな空気は、いやがうえにもミノタウロスの渇きをかきたてた。

暴力的な勢いで顔を湖につけて、がぶがぶと水を飲む。

渇ききった体に水がしみ込んでゆく。

細胞の一つ一つがうるおされ、力を取り戻してゆく。

ばしゃりと水をはね上げながら頭を持ち上げた。

大きく息を吸い、吐く。

呼気が、ほの暗い洞窟に噴き上がる。

再び顔を湖につけて、またも水を飲む。

そんな動作を三度繰り返した。

いまや喉の渇きは癒えた。

だが、ミノタウロスは満たされていなかった。

それどころか、喉の渇きが癒えることによって、もう一つの強烈な欲求が体の奥底から湧きあがってきた。

その欲求を人は飢えと呼ぶ。

ミノタウロスの全身は、飢えにそまっていた。

立ち上がって振り返った。

その姿は巨人といってよい。

迷宮のモンスターは、生まれ落ちた瞬間から成獣なのである。

振り返った視線の先に、洞窟の出入り口がある。

あの向こうには、飢えを満たす何かがあるのか。

ミノタウロスは、出入り口まで歩いていった。

そこをくぐって外に出ようとした瞬間、強烈な不快感を覚えた。

足が止まる。

それ以上わずかでも足を前に進めることが、どうしてもできない。

ここは通れない。

体がそれを教えてくれた。

しかし、では、この飢えをどうすればいいのか。

ミノタウロスは、ボス部屋のなかをのしのしと歩き回った。

歩いても歩いても、飢えは治まらない。むしろひどくなる。

唸《うな》り声を上げながら激しく頭を振った。

よだれが飛び散った。

水際に戻って座り込んだ。

この場所なら、少しは癒やしを与えてくれるかと思ったのだ。

だが腹の奥底から湧いてくる狂おしいまでの飢えは、静まることなくミノタウロスをさいなむ。

憎かった。

おのれを生み出した世界も、飢えを感じるおのれ自身も憎かった。

2

モンスターというのは種族の名前ではない。人からみて脅威になる、人ではない生き物の総称である。

動物とモンスターのあいだに明瞭な区別はないといえばない。

兎《うさぎ》をモンスターだという人はいないが、角兎《つのうさぎ》はモンスターとみなされる。だが、どちらも食べられるし、生態に大きな差はない。ただ角兎は人に対し異様に攻撃的であり、戦闘力のない一般人には命に関わる相手だから、モンスターと呼ばれるのである。

その他、不可解な生き物、不気味な生き物、恐ろしい生き物がモンスターと呼ばれる。

オーガ、オーク、ゴブリン、コボルトなどは、モンスターと呼ばれても動物とは呼ばれないが、生き物であることにちがいはない。人と交わらずにすむ地域では、彼らは彼らなりの安定した生活圏を築いている場合が多い。

これらに対して生き物とはいえないモンスターがいる。妖魔系とか悪魔系とか呼ばれるモンスターたちだ。

彼らは成長することも、こどもを作ることもない。いずこからともなく湧いてきて、ただ人を傷つけ殺し、災いをもたらすことのみを行動原理とする存在だ。

妖魔系モンスター、あるいは悪魔系モンスターは、それぞれ、どの魔神の眷属《けんぞく》だとか、どんな由来で産み落とされたかという伝説を持っている。たいていの場合、きわめて醜悪な容姿をしており、魔法攻撃や呪いを仕掛けてくる。毒を持っている場合も多い。

迷宮のモンスターはどうか。

迷宮にも、オーガ、オーク、ゴブリン、コボルトは出現する。だが迷宮では、こうしたモンスターも母の胎内からは生まれない。

岩からしみ出るのである。

倒されれば時をおいて再出現するが、それはすでに別の個体であり、記憶や経験が引き継がれることはない。

迷宮のモンスターは成体として発生し、成長も進化もしない。

迷宮のモンスターには性別がなく、つがいを作ることも子をなすこともない。

迷宮のモンスターは、厳密な意味では生き物とはいえない。だから魔獣、あるいは幻獣とも呼ばれる。

決まった迷宮の決まった階層には、常に同じモンスターが湧いてくる。決まった階層のボス部屋に湧くモンスターも、常に同じだ。

サザードン迷宮の十階層のボス部屋にミノタウロスが湧いたということは、先にこの部屋にいたはずのミノタウロスが死んだということである。人間に殺されたのだ。

人間は迷宮にもぐってモンスターを殺す。殺せば金や武器やポーションが得られる。迷宮のモンスターから得られる武器は、優れた性能を持っている。希少で高価な素材でできていることもある。

要するに迷宮は宝の山なのだ。

だから人間は迷宮にもぐる。もぐってモンスターを殺す。

逆にモンスターに殺されることもある。

それでも人間は迷宮にもぐり続ける。

迷宮で戦えば人はみるみる強くなる。強くなればより深い階層のモンスターと戦うことができる。深層のモンスターは、さらなる強さとさらなる富を与えてくれる。

強くなるため。

富を得るため。

今日も人は迷宮にもぐる。

3

エリナは女冒険者である。

一年前、ここミケーヌの街の神殿で、大地神ボーラに請願して〈冒険者〉の恩寵職《おんちょうしょく》を得、冒険者メダルを手にした。

他に、〈騎士〉や〈盗賊〉の恩寵職を得ても、迷宮探索はできる。だが、冒険者なら、〈マップ〉のスキルが得られるし、他の職より迷宮での成長が速い。〈ザック〉と呼ばれるみえない収納庫が得られるのも魅力だ。

そしてエリナのように剣で戦う戦士なら、やはり大地神ボーラに請願するのが常道だろう。なにしろ、ボーラ女神から恩寵職を授かれば、わずかではあるが物理攻撃力上昇、物理防御力上昇、回復効果向上の加護がつくのだ。

「よう、エリナじゃねえか」

「やあ、ロギス」

「今日は一人でもぐるのかい？」

「ああ。パーティーは抜けたんだ」

「へえ？　それにしてもその革鎧《かわよろい》、ずいぶんぴかぴかに磨き上げてるじゃねえか」

「まあね」

「幸運を祈ってやるぜ」

「あんたもね」

四日前、エリナは所属していたパーティーを抜けた。

気持ちのいい仲間たちだったが、彼らには向上心がない。早く深い階層にもぐりたいという意欲がない。

エリナはもっと稼げる冒険者になりたいのだ。もっと稼いで畑を買い戻す。そうすれば、気力を失った父親も元気を取り戻し、母親にも笑顔が戻るはずだ。

今日は特別な日になる。

冒険者クラスをCに上げるのだ。

冒険者クラスをCに上げるには、いくつかの方法がある。

まずレベルを二十一以上に上げるという方法だ。レベルを二十一以上に上げて、冒険者ギルドで〈誓言〉スキルの持ち主に祈ってもらえば、確実に冒険者クラスはCに上がる。

その他地道に功績を積んでゆけば、レベルが低めでも冒険者クラスは上げられる。しかし、Cクラスに昇格するにはそれなりに大きな功績を重ねる必要があるといわれているし、どんな依頼をどの程度こなせばクラスが上がるかは、冒険者ギルドでもつかめていない。つまり、功績を重ねて昇格するのは、不確かで時間のかかる方法なのだ。

だが、ここミケーヌの街には特別な方法がある。

それは、サザードン迷宮十階層のボスであるミノタウロスをソロで撃破することである。

ふつう、階層ボスは二階層分手ごわいといわれる。つまり、五階層のボスは七階層の回遊モンスターなみの強さなのだ。

ところが、十階層のボスであるミノタウロスは、十八階層や十九階層の回遊モンスターより手ごわい。であるのに倒してもあまりレベルが上がらない。たまに値打ち物の恩寵付きバスタードソードをドロップするが、その確率はひどく低い。しかも、十一階層以降のボスを倒すと、たまにスキルを得ることができるのだが、ミノタウロスにはスキルドロップがない。要するに苦労に報酬が引き合わないモンスターなのだ。

そのミノタウロスをソロで倒すことでCクラスに上がれるという法則を、誰がいつ発見したかは知らない。だが、この条件を満たした者が〈誓言〉を受けたとき、例外なくCクラスに昇格できているというのだから、エリナにとってはありがたい法則だ。

同じ護衛の仕事をしても、Cクラスなら報酬がちがう。Cクラスでなければ受けられない仕事もある。食っていくだけならDクラスやEクラスで充分だが、稼ぐならCクラスにならなければならない。

エリナは右手で左胸にふれた。

革鎧は半日かけて油で磨き込んである。そして胸当ての左胸には、護符が縫い込んである。女神ボーラの護符が。大地の恩寵をつかさどるこの女神が、護符を通じてエリナを守ってくれるはずだ。

それからベルトにふれた。

ホルダーには、二個の黄ポーション、五個の赤ポーション、一個の青ポーションが差し込んである。エリナにとって黄ポーションは安い買い物ではなかったが、ミノタウロスとの戦いでは、これは欠かせない。

難敵ではあるが、能力と戦法はわかっている。ベテランの冒険者に酒をおごって、ミノタウロス戦の手順はしっかりと教えてもらった。落ち着いて戦えば倒せる相手だ。

もしかしたら、このモンスターのソロ討伐がCクラスへの昇格条件になっているのは、先輩冒険者から情報を引き出すことの重要性を知っているかどうかが試されているのかもしれない。ギルドの受付でも金を払えばある程度の情報は得られるが、やはり密度がちがう。エリナのレベルでは、しっかりとした予備知識なしではとうてい勝てない相手なのだから。

4

エリナはサザードン迷宮に踏み込んだ。

不思議なことだが、迷宮のなかに入ると奇妙な安心を感じる。たぶん、冒険者という恩寵職を持っているからだ。

騎士や冒険者や盗賊が迷宮に入ると、さまざまな恩恵を享受できる。

その最たるものが、ポーションだ。

赤ポーションは、体力回復、迷宮で受けた傷の治癒、迷宮で欠損した部位の再生という、恐ろしいほどの恩寵を発揮する。

青ポーションは、魔法の行使やスキルの発動に必要な精神力を回復する。

黄ポーションは、麻痺《まひ》や石化などの状態異常を解除する。

緑ポーションは、解毒をする。

こうしたポーションの強力な恩寵は、迷宮の外ではほとんど発揮されない。ポーション自体迷宮でしか得ることのできないものだが、使うのもまた迷宮でしか有効に使えないのだ。

ポーションだけではない。迷宮で得られる強力な武具や防具のなかには、攻撃力や防御力を高めたり、身体能力を高めたりなど、さまざまな効果が付与されているものがある。そうした効果は神の恵みという意味で恩寵と呼ばれる。通常、恩寵は迷宮のなかでなければ有効とならない。ごくまれに迷宮の外でも有効な恩寵がついた武器や防具があると聞くが、そうした物はすさまじい値段で取引されることになる。

岩の回廊を早足で進むエリナの足取りは軽い。迷宮のなかでは冒険者の身体能力はわずかに上がる。そのわずかな差が、きわめて大きな効果を発揮するのだ。

（いける）

（いける）

（あたしは）

（ミノタウロスを倒せる！）

冒険者という恩寵職が登場したのは、比較的最近のことだと聞いたことがある。騎士や商人や木こりといった恩寵職に比べると、その歴史は浅いのだ。

さらにいえば、レベルというものが発見されたのも、大陸の歴史が始まって相当の年数が経過してからだという。

エリナには、冒険者という恩寵職がない世界など考えられないし、ましてレベルがない世界など、あったと信じることがむずかしい。そして、その二つがなくなることなどあり得ないのだから、過去のことなどどうでもよい。

恩寵の助けを借りて、エリナは実力を身につけた。こつこつためた金で、上等な剣を買った。そしてその扱いにも慣れてきた。

馬鹿力だけのモンスターなどに負けるはずはない。

そうエリナは確信していた。

5

一階層から五階層までは、ただ走り抜ければよかった。

迷宮のモンスターは、圧倒的に強い相手はさける性質がある。

五階層までのモンスターは、エリナには近寄ってこないのだ。

六階層から八階層までには数度戦闘があったが、エリナは問題なくモンスターたちを屠《ほふ》った。すり傷はいくつかできたが、怪我《けが》はしていない。銅貨を何枚かと、赤ポーションを一個得た。

赤ポーションは〈ザック〉に入れようかと思ったが、いざというときすぐ使えるよう、ベルトのホルダーに入れた。

九階層に続く階段で、食事を取り、休憩をした。

そしていよいよ九階層だ。

この階層の回遊モンスターはオークである。人間と動物を混ぜ合わせたような醜怪なモンスターで、力が強く、打たれ強い。

もちろん一対一なら、今のエリナがおくれを取る相手ではない。だがこのモンスターは、二匹あるいは三匹で回遊していることがある。二匹ならともかく、三匹を同時に相手取るのはまずい。

幸いに、オークは走る速度が遅い。だからエリナは俊足を生かして、一気にこの階層を駆け抜けるつもりだ。道はよく知っているのである。

狙い通り、うまくオークをやり過ごしながら進むことができた。十階層への階段まで、もう少しである。

そのとき、回遊してきたオークと、ばったり出くわした。

（ちっ）

エリナはダッシュした。

そして棍棒《こんぼう》を振り上げたオークの腕を浅く斬って横を走り抜けた。

オークがあとを追ってくる気配がするが、追いつかれる前に階段に飛び込める。階段に飛び込めば、それ以上は追ってこられない。

モンスターは、階段を認識できない。だから、九階層のモンスターは、十階層に下りることもないし、八階層に上がることもない。

（うわっ）

（なんてこと！）

飛び込もうとした階段のすぐ手前で、三人組のパーティーが一匹のオークと戦っている。

一瞬、その横をすり抜けて階段に向かおうかと考えた。

だが、それをすると、エリナを追ってきたオークを、この三人にすりつけることになる。そんなことをギルドに報告されたら、エリナは終わりだ。

（くそっ！）

エリナは迷宮の硬い岩の床を蹴って反転し、両手で剣を振りかざし、後ろから迫ってきたオークに向かって走り込むと、棍棒を持った腕に振り下ろした。

オークの右手が切れて飛んだ。

だがオークはそのままエリナに突進してきた。

ひらりと左に身をかわしたが、オークの巨体を完全にさけきることはできず、オークの右足とエリナの右足が接触した。

バランスを崩したエリナは、左肩から岩壁に激突した。オークも転倒したようだ。痛がっているひまはない。なにしろオークは痛覚がにぶい。少々の痛手はものともせずに襲いかかってくる。

振り向いて、少しふらふらする頭を敵のほうに向けると、まさにオークが跳びかかってくるところだった。

だがエリナの心にあせりはなかった。オークとの戦いは場数を踏んでいる。そのいやらしい顔をみても、恐怖など湧かない。

すっと持ち上げた剣の先がオークの喉元に突き刺さった。

それでもオークは突進してくる。

その突進の力で剣は喉を深く貫き、やがて突進は止まり、目から光が消えた。

ちゃりん。

と音がして五枚の銅貨が落ちた。すでにオークの姿はない。

「はあ、はあ、はあ」

岩壁に背中を預け、息を整えながら、回廊の奥をみた。三人の冒険者がオークにとどめを刺すところだった。

エリナは五枚の銅貨を拾い、ベルトから赤ポーションを抜いて飲み込んだ。

くらくらと揺れていた視界が治まり、肩の痛みも消えた。

三人の冒険者がエリナのほうをみている。一人は知った顔だ。

「やあ、ジャンセン」

「エリナ。一人か？」

「ああ。通らしてもらうよ」

「まさか、やるのか？」

エリナは、通り過ぎかけて立ち止まり、かすかに振り返ってジャンセンの目をじっとみつめ、小さくうなずくと、十階層への階段を下りていった。

6

十階層の回遊モンスターは、灰色狼《おおかみ》である。

灰色狼は、ドロップは悪くない。

銀貨を落とすし、赤ポーションを落とすし、青ポーションを落とすこともある。まれには黄ポーションも落とす。

だが、この階層は人気がない。

灰色狼は、一匹なら階層適正範囲のモンスターだが、速い足取りで常に回廊をうろつき回っているし、遠くから敵の匂いや音を感知するため、最初は一匹を相手にしていても、手間取っていれば、どんどん集まってくるのである。そして灰色狼は集団戦が得意であり、複数でかかられると脅威度が跳ね上がる。

だから、この階層は素通りする冒険者が多い。

素通りするためのアイテムが二種類、ギルドの人気商品となっている。

一つは疑似餌だ。人造の肉に香りをつけたものなのだが、灰色狼はこれを非常に好む。この疑似餌を投げて、そのあいだに別の回廊を通過するのだ。

本物の肉を使えばよさそうなものだが、それだと一口で食べられてしまって足止めにならない。毒を入れた肉はするどく嗅ぎわけて、投げた人間を襲う。疑似餌に引きつけられているときも、近寄れば攻撃されるから、これはあくまで足止めのためのものだ。

もう一つは匂い袋だ。灰色狼のきらいな匂いを放つ。近寄ってこさせないためのアイテムだ。疑似餌ほどの確実性はないが、灰色狼が群れにくくなるので、素通りしたい人間には有用だ。

今回エリナが用意してきたのは、この匂い袋である。

だが、エリナは異常なほど運がよかった。

なんと、一度も灰色狼に遭遇せずにボス部屋に着いたのである。

（着いた）

（いよいよだ）

（落ち着け、あたし）

（落ち着くんだ）

ボス部屋のなかから出入り口の外をみることはできるが、出入り口の外から、なかのようすをみることはできない。物音を聞き取ることもできない。ボス部屋というのは隔離された空間なのである。

女戦士エリナは息を整え、覚悟を決め、決然と戦いの場に進み出た。

7

そこは驚くほど広い空間だった。

エリナは十階層のボス部屋に入るのははじめてであり、話には聞いていたものの、その広さと高さをまのあたりにして、一瞬息を呑んだ。

九階層から下りた距離を考えれば、このボス部屋の天井がこんなに高いということはあり得ない。出入り口をくぐった瞬間、エリナは異空間に入ったのだ。

(ミノタウロスが……いない?)

いや、いた。

奥まった場所に湖があり、その湖のほとりに座り込んでいる。

エリナのほうに背を向けているその姿は、まるで岩の塊のようだった。

その岩の塊が立ち上がり、振り向いた。

(でかい!)

(まさか、特殊個体《ユニーク》?)

同じ階層の同じボス部屋に湧くモンスターの種類は常に一定であり、その強さもまったく同じだ。

けれども個体としてみれば微妙な差がある。

少しばかり身長が高かったり低かったり、色が濃かったり薄かったりという程度のちがいはあるのだ。

おそらく厳密に測定すれば、ある個体は移動スピードがわずかに速かったり、ある個体はわずかに攻撃が強力だったりするだろう。

しかしそうした差は、通常無視できるほどのものでしかない。

ただ、ごくまれに、ひどく強い個体が湧くことがある。そういう場合、冒険者は痛い目をみて、ギルドで評判になる。そのような個体は特殊個体と呼ばれるが、特殊個体は高い確率でレアドロップ品を落とす。だから特殊個体が湧いたと聞けば、冒険者が押し寄せるのだ。

今なら引き返せる。

出入り口から回廊に出てしまえば、ミノタウロスは追ってこられない。ボスモンスターはボス部屋から出ることはできないのだ。

(何を弱気な！)

(恐れるな、あたし！)

腹に力を入れて口を引き結び、エリナはミノタウロスをねめつけた。

ミノタウロスがエリナめがけて駆け寄ってくる。

「うおおおおおおおお！」

獣のような雄たけびを上げて、エリナも敵に向かって駆け出した。

たちまちエリナの全身は戦闘の高揚で満たされ、すべての恐怖は消え去った。

(倒す！)

（こいつを倒して）

（あたしには手に入れなくちゃならないものがある！）

ミノタウロスは、両手にそれぞれ短い斧を持っている。そのうち右腕に持った斧を振り上げた。

（よし！）

（情報通り！）

ミノタウロスの利き腕は右側であり、ほとんどの場合初撃は右手で放つ。

エリナは前進速度をゆるめた。

いまやエリナの注意力のすべてはミノタウロスの右手に向けられている。

ミノタウロスは、最初は斧でしか攻撃しない。だから斧を持った右腕の動きにさえ注意を払っていれば、攻撃はかわせる。

さらに走る速度をゆるめ、エリナは剣を抜いた。柄を両手で持ち、勢いよく右肩の上に剣をかつぎあげると、その振り上げた勢いのまま振り下ろす。

ミノタウロスも、まさに斧を振り下ろしつつあった。その斧を持つ右手の関節のあたりをエリナの剣が打ちすえる。エリナはそのまま左側に逃げた。

武器を持つ手を痛打されたというのに、ミノタウロスの斧の勢いは衰えない。ぶうんと唸りを上げながら、今までエリナの頭があった空間を薙《な》いだ。

寒気のするような威力だ。

(当たらなけりゃ)

(なんてことないさ!)

攻撃を空振りして伸びきったミノタウロスの右腕の肘に、エリナは剣を落とした。

いまいましそうな唸り声を上げながら、ミノタウロスが左手の斧を振り上げる。

(今度は左だね)

(さあ、来い!)

今度は右にかわす。そしてミノタウロスの左腕に一撃を入れる。

ミノタウロスが、右肘を曲げて後ろに引き、ぐいと斧を突き出した。

左にかわして、伸びきったミノタウロスの右腕を剣でたたく。

(落ち着け!)

(落ち着け、あたし!)

(牛頭《うしあたま》は、力は強いけど、攻撃は単純)

(よくみてれば絶対かわせる)

ミノタウロスが、いらだたしげに吠《ほ》え声を上げ、息を吸って上体を後ろにそらすと、頭を大きく後ろから前に振り、二本の角を突き出して突進してきた。

危なげない足取りでこれをかわすと、突進をやめてのたのたと方向転換するモンスターを、エリナは冷ややかな目でみた。

（斧を振り回すか、斧を突き出すか、角で突きかかってくるだけよ）

（とにかく攻撃をかわしながら）

（両手の斧が使えなくなるまで腕に斬りつけていくのよ）

ミノタウロスは右腕を振り上げては攻撃し、左腕を振り上げては攻撃した。

それを右に左にかわすエリナの動作には、少しずつゆとりが生まれてきている。

足元がごつごつしているため、動きを妨げられて、体のすぐそばを斧が通過することもあった。

ミノタウロスの足が蹴り飛ばした小石のかけらが、鎧《よろい》で覆われていない箇所に当たることもあった。

だが、まともな攻撃は一度も受けていない。

そんな攻防がしばらく続いた。

女戦士は汗だくになり、息も荒いが、これという傷は受けていない。

ミノタウロスの両腕はずたずたに斬り刻まれ、血だらけになっている。

落ち着いてみれば、このモンスターの動きはにぶい。

振り回す斧は速いが、予備動作は単純で、軌道は予測しやすい。

一つの動きから別の動きに移るのももたもたしており、足運びもたどたどしい。

冷静な目でみつめれば、ミノタウロスの身の丈はエリナよりほんの少し高いだけだ。最初にみたときは、緊張と恐れから、実際以上に大きく感じてしまったのだろう。

特殊個体などではない。ありふれた、いつも通りのミノタウロスだ。

深く踏み込んできたミノタウロスの攻撃をかわしたとき、絶好の攻撃位置をとれた。

（今よ！）

エリナは、両手で握った剣をまっすぐ振り下ろした。腰の入った斬撃だ。剣の重さも充分に乗り、加速も申し分ない。

太い骨を断つ不気味な音がして、ミノタウロスの左手が斬り落とされ、斧を持ったまま宙を舞った。

（勝った！）

その心がすきを生んだ。

怪物は、手首から先を失った左手を振り回して女戦士を殴り飛ばした。

胸を激しく打たれたエリナは岩壁にしたたかに打ちつけられる。

ミノタウロスが右手の斧を振り上げる。

女戦士はふるふると頭を振って意識を取り戻し、岩壁を蹴って飛び出す。

斧が岩を砕く音を背中で聞きながら、エリナは十歩ほど駆け足で進み、くるりと振り返って怪物と向き合い、はずむ息を整えた。

怪物が、上方を向き、顔をしかめて、大きく胸に息を吸い込んでいる。

（来る！）

腰のベルトに手を伸ばし、ホルダーからポーションを取り出そうとした。

状態異常を解除する黄ポーションを。

だが、取り出せない。

女戦士は顔を下げてホルダーをみた。

つぶれている。

岩に打ちつけられたとき、すべてのポーションはつぶれていた。


ブオォォォォォォォォォォォォォーーーーーー!!


ミノタウロスが、すさまじい声で吠《ほ》えた。

洞窟全体がびりびりと震えている。

全身を揺さぶられ、女戦士の動作が止まった。

敵に立ち向かう勇気は消え、絶望感が女戦士を襲う。

ハウリング。

残存体力の三分の一を削り、わずかな時間ではあるが行動阻害と機能異常をもたらす、ミノタウロスの特殊攻撃である。

ミノタウロスの右斧が振り下ろされる。

身をかわしたがかわしきれず、左胸から右脇にかけて大きく切り裂かれる。

勝てないと悟った女戦士は、逃げ出した。

〈ミノタウロスの出足は速くないからなあ〉

〈全速力で逃げれば追いつかれずに逃げきれるぜ〉

先輩冒険者の言葉が脳裏によみがえる。

右手の剣が重い。

こんなにも重い剣だったろうか。

捨てようかという考えが頭をよぎるが、すぐにその考えは捨てた。

ここでこの剣を失ったら冒険者をやめるほかない。

他の何を失っても、この剣は失うわけにいかない。

迫ってくる。

後ろから怪物が迫ってくる。

すぐそこまで迫っている。

女戦士は死にものぐるいで走った。

あと数歩で出口というところで、右足と左足がからんでよろけた。

ぶおんと唸りを上げて、背中を風がなでた。

左足首に激しい熱を感じたが、そんなことにはかまいもせず、転げながら女戦士は出口に突入した。そしてごろごろと転がりながら、ボス部屋を脱出することができたのである。

はあっ、はあっと、荒い息をつき、左足をみると、足首から先がなかった。ミノタウロスの斧で切断されてしまったのだ。

エリナは〈ザック〉から細いロープを取り出して、傷口を縛った。

ここは迷宮のなかである。誰かが通りかかって赤ポーションを借りることができれば、命はもちろん、失った足も取り戻すことができる。

今はとにかく死なないことだ。

そのときエリナは、自分が涙を流していることに気づいた。不思議と痛みは強くない。今はただ、命を拾うことができた安堵《あんど》に包まれていた。

8

それが部屋に入ってきたとき、怪物は、世界には自分以外の動くものがいるのだと知った。

立ち上がって振り向いたとき、その動くものに激しい憎しみを感じた。

いや。その感情を憎しみと呼ぶのは正しくない。

この瞬間ミノタウロスが女冒険者に感じたものは、人間の言葉でいえば、〈敵意〉という表現が一番しっくりくるだろう。

飢えがひどくなった。

ただしその飢えは、今までの飢えとは少しちがう。

渇望だ。

戦いと勝利への渇望だ。

敵を蹂躙《じゅうりん》しつくせと本能がミノタウロスに命じた。

ミノタウロスは、本能の命じるままに敵に走り寄った。

その生き物は、自分より少し小さい。

だが、明確な敵意を放ってきている。

その敵意を浴びながら、ミノタウロスは、破壊の衝動を解き放てることに、わずかな快感を覚えていた。

力を込めて右手の斧を振り上げる。

そのときになってミノタウロスは、自分が斧を持っていることに気づいた。

右手だけではない。左手にも斧を持っている。

いつから持っていたのかはわからない。たぶん、ずっと持っていたのだろう。

それは手になじむ武器であり、攻撃の威力を高めてくれる、好ましい道具だ。

その頼もしい武器を、走り寄ってきた敵の上に振り下ろした。

ぐしゃり、と貧弱な敵はつぶれてしまうはずだった。

だが攻撃は当たらなかった。

今度は左手の武器を敵にたたきつけた。

その攻撃も当たらなかった。

何度も何度も攻撃をこころみた。

だが、ことごとく攻撃ははずれた。

それだけではなく、貧弱な敵は貧弱な攻撃を放ってきた。

一撃一撃は痛くない。

だがそれが積み重なると、痛みを感じはじめた。

痛みは強くなっていった。

いらだちも募っていった。

何度か角で突きかかった。

それもかわされた。

やがて、斧を持つ両の腕はずたずたに斬り裂かれていった。

今度こそ相手をたたきつぶすべく、格別の力を込めた一撃を放ったが、それもかわされた。

かわされただけではない。攻撃した左手は手首から斬り落とされた。

だが、その瞬間、敵の動きが止まった。

ミノタウロスは、手首のない左手を敵にたたきつけた。

その攻撃は、はじめて敵の体をまともにとらえた。

敵は岩壁にぶつかった。

追撃するべく、残された右腕の斧を振り下ろしたが、敵はきわどいところで身をかわし、攻撃はむなしく岩肌にはじけるばかりだった。

敵が走って距離を取る。

ミノタウロスの本能が命じた。

今がそのときだと。

怪物は大きく息を吸い込み、ぶるぶると首筋をふるわせ、そのスキルを発動した。

人間がハウリングと呼ぶスキルである。

ミノタウロスの放ったわざは敵をとらえた。

敵は弱り、恐怖におびえている。

とどめをさすべく右の斧をふるったが、なんと敵は戦いに背を向けて逃げ出していくではないか。

怒りが噴き上がった。

ただちに敵を追った。

もうすぐだ。

もうすぐ敵に追いつける。

もうすぐ敵を殺すことができる。

敵がよろけた。

ミノタウロスは、右腕を振り上げて、そして振り下ろした。

その攻撃は命中し、敵の一部を斬り落とした。

次の一撃で終わりというそのとき、敵は出入り口から外に出た。

ミノタウロスは、そこで立ち止まらざるを得なかった。

9

自分が通ることのできない出入り口の向こう側で、貧弱な敵は地に倒れ伏している。

やがて敵は自分自身の手当てを始めた。

殺したい。

あいつを殺したい。

だが、ミノタウロスには、その出入り口を通ることはできない。

魚が空で泳げないように、鳥が大気の外に飛び出せないように、ボスモンスターはボス部屋の外には出られないのだ。

それでも怪物はこの敵を殺したかった。飢えはますます高まってゆく。巨大な体軀《たいく》のすべてを憤《ふん》怒《ぬ》にそめて、ミノタウロスは敵との決着を欲した。

そのためには前に進まなくてはならない。

この出入り口を通って回廊に出なくてはならない。

あらゆる感覚がその一歩を拒むのにあらがい、ミノタウロスは出入り口に右足を踏み入れた。

じゅうっ、と音がして、右足が焼けただれた。

痛みと驚きで斧を取り落としたが、ミノタウロスは、なおも先に進もうとすることをやめなかった。

突き出した右手が焼け、じゅうじゅうと泡立つ。

踏み込んでいくにしたがい、肩が、顔が、胸が、足が、焼けていく。

醜く顔をゆがめ、口からよだれを垂れ流しながら、しかしミノタウロスは進むことをやめない。

目も焼けただれてしまい、ほとんどみえない。

もしもみることができたなら、女戦士が恐怖を顔にはりつけて、地獄の悪鬼がおどろおどろしい姿で、越えられるはずのない境界を越えて近づくのを、ただ首を左右に振りながら凝視している光景が目に入っただろう。

「嘘《うそ》よ。嘘よ」

人間の言葉などミノタウロスにはわからないが、それがおびえの表現であるということはわかった。そして標的の位置も。

かたかたという音を、ミノタウロスは聞きつけただろうか。それは女戦士が歯を鳴らしている音である。

焼けただれてぐしゃぐしゃにゆがんだ顔を、苦しげによじりながら、怪物はなおも右手を突き出す。獲物に向かって。

炭化して黒ずみ、噴き出す体液でぬらぬらする筋張った右手が、くわっと開かれ、女戦士の胸当てをつかんだ。

ミノタウロスは、そのまま、ごぼう抜きに女戦士の全身を持ち上げると、倒れ込みつつ体を回転させ、女戦士を頭から岩壁にたたきつけた。

ぐしゃっと女戦士の頭はつぶれ、脳漿《のうしょう》と血と頭蓋骨のかけらが飛び散る。

女戦士は、すうっと消えた。

あとには剣といくばくかのアイテムが残されているばかりである。

飛び散った血や肉も、すぐに消え去った。

迷宮では、人といえど亡きがらをとどめることはできないのである。

ミノタウロスは、消え残った胸当てを右手につかんだまま、倒れ伏している。

体中が黒ずみ、縮み、いやらしい匂いのする煙を噴き出している。

まもなく、このモンスターは短い一生を終えるだろう。

だがそれでも、ミノタウロスは心のなかで強く念じていた。


もっとだ！

もっと、もっと、戦いを！
もっと、もっと、強い敵を！
そして力を！
俺に力をよこせ！
敵を殺す、さらなる力を！

人の言葉に直せばそうなるであろう。それは妄執であり、呪詛《じゅそ》であり、祈願でもあった。言葉にはならなかったが、明確な意味を持つ心の底からの叫びであった。

このとき、怪物の頭のなかに声が響いた。

「なんじの請願を聞き届ける」

言葉というものを知らないミノタウロスには、むろんその声の意味はわからない。だが力ある存在が自分に何かを告げたのだと理解はしていた。

女戦士の胸当てには大地神ボーラの護符が縫いつけられていた。今響いた声は、女戦士が神殿で大地神に〈冒険者〉としての加護を請願したとき聞いた声そのままであった。

淡い土色の光がミノタウロスを包む。

しゅうしゅうと柔らかな音がして、みるみる表皮や体毛が再生される。失った左手さえも、もとの通りに復元される。

いや、もとの通りではない。その体はわずかに大きくなり、強靱《きょうじん》さを増していた。

冒険者ならみなれたレベルアップの場面である。

女戦士を殺して得られた経験値は、ボーラ神の加護を介し、このミノタウロスに設定された成長係数により換算され、レベルアップをもたらしたのである。レベルアップが起きたとき、体の損傷はすべて修復されるのだ。

ミノタウロスは、湖のほとりに戻り、がぶがぶ水を飲むと、眠りについた。


迷宮のモンスターは、岩からしみ出してくる、といわれる。

それは生き物に似ているが生き物ではなく、生き物の奇怪な似姿にすぎない。

その端的な証拠は、成長しないということである。

レベルアップによってとはいえ成長するモンスターはきわめて特異な存在といえる。

この日、サザードン迷宮に一匹のユニークモンスターが生まれた。

第2話　天剣パーシヴァル

1

　十階層にユニークモンスターが誕生したその日、ミケーヌの街の冒険者ギルドに一人の剣士がふらりと立ち寄った。

「ギルド長」

「ああん？　何じゃ？」

「パーシヴァル様がおみえです」

「なにっ。すぐにお通しせんかっ」

「はい」

　ギルド長ローガンは客を迎えるために立ち上がり、事務長のイアドールが剣士を部屋のなかに招き入れた。

「失礼する」

「これはパーシヴァル様。これから迷宮ですかな」

「うむ。九十階層台なかばまで下りてみようと思う」

常識のある人間なら、いったい何人のパーティーで探索するのかと質問するところだが、ローガンは聞かずとも答えを知っていた。

一人だ。

この剣士はソロで九十階層台にもぐるのである。

「そうですかい。転送サービスは使われますか？」

「いや。走るということは何より大切な訓練と心得ておるゆえ」

「相変わらずですな。ああ、お茶が入りました」

「かたじけない。馳走《ちそう》になる」

どうしてこんな短い時間で準備できたのかわからないが、事務長のイアドールは、お茶を持った女子事務員を連れて部屋に入ってきた。そしてお茶がテーブルの上に並べられると、女子事務員を連れて部屋を出た。立て付けのよくないドアを無音で閉めて。

ローガンは、パーシヴァルが茶を口に運ぶのをみまもった。

飾り気のない所作である。だが、美しい。

身にまとう装備も、派手ではないが、目の利く人間ならあっと驚く逸品ぞろいだ。

パーシヴァル・メルクリウス。

直閲《ちょくえつ》貴族メルクリウス家の当主である。

直閲貴族というのは、いついかなるときも王に会い意見具申ができる身分である。

バルデモスト王国の始祖王に付き従って邪竜カルダンを打ち倒した二十四人の英雄は、建国とともに王国守護騎士に叙された。その身分は一代限りで継承できない代わりに、二十四家は直閲貴族家となった。十七家が現存するが、そのなかでもメルクリウス家の武名はひときわ高い。

(その直閲貴族家の当主が冒険者なんぞをやって)

(迷宮にもぐってるんだからな)

(物好きにもほどがあるというもんだ)

だが、その物好きな貴族の青年を、ローガンはきらいではなかった。

2

パーシヴァルは、わずか十二歳にして冒険者の世界に足を踏み入れ、十四歳でAクラスとなり、十五歳のときゾアハルド山賊団の討伐に参加し、圧倒的な武勲を挙げてSクラス冒険者となった。

十六歳のとき、父の死により家と身分を継いだが、めったに朝議にも出ず、一年のほとんどを各地の迷宮にもぐって過ごす孤高の剣士である。

メルクリウス家は領地を持っていない。ただし、メルクリウス家を宗家と仰ぐ貴族家は少なくなく、また、国から多額の年金を受け取る立場である。家格も高い。だから顕職について国に奉仕すべきであるのに、パーシヴァルは名ばかりの役職を得て、気ままに暮らしている。

本来そのようなことは許されないのだが、なぜか王は、

「あの者は好きにさせておいてやれ」

と放任の構えである。

これには、パーシヴァルが十八歳のとき、他国の使節に紛れ込んだ刺客の凶刃が王を襲ったとき、見事に取り押さえた功績が関係しているというのが、もっぱらの噂《うわさ》だ。

〈天剣〉という異名は、パーシヴァルの剣の師が、

「この少年の剣才、並ぶ者なし。天与の才なり。まさに天剣」

とたたえたことによるらしい。

人づきあいをきらうし、上流階級の出身であるので、反感を持つ冒険者も多いが、悪い人物ではない。

仕事のえり好みは激しいが、いったん交わした約束を破ったことはない。

人の邪魔をしたり、悪口を言うことはない。

ただただ強い敵と出会って戦い、倒してさらに強くなることにしか興味がなく、死に直面する危険のなかでしか、おのれの生の充実をかみしめることができない、そんな不器用な人間なのだろうとローガンは思っている。

十九歳のとき天覧武闘会で優勝したが、その後は出場していない。そのわけを聞いたことがある。

「パーシヴァル様は、一度優勝したのち天覧武闘会に出場されていないようだが、理由をお聞きしてもよろしいか」

「ふむ。あのとき準決勝で魔法使いと戦った」

「そうでしたな」

「魔法使いは、目くらましと補助魔法を駆使して私を近寄らせず、なんとサモン・コメットを使ってきた」

「はっはっは。すごいやつもいたもんです」

サモン・コメットは最大級の破壊力を誇る火系の範囲殲滅《せんめつ》魔法だ。威力は絶大であり、そのぶん準備詠唱に時間もかかるし、大量の魔力を消費する。武闘大会の個人戦でこれを使うというのは、まったく常識をはずれている。

「〈アレストラの腕輪〉を使っても発動を妨げることはできなかった。大地は揺れ、瓦礫《がれき》は飛来し、砂塵《さじん》は吹き上げられ、私はわずかな時間ではあるが、攻撃も防御もできがたい状態となった」

「いや。あんな魔法で攻撃されたのに、ほとんど無傷でかわしてのけたことが驚きですぜ」

「相手には、私を直撃する気などなかった」

「ほう?」

「あとであらためてよく調べ、よく考えて得心した。サモン・コメットは発動点が遠い。発動点がもっと近い魔法か、私の体を直撃する攻撃であれば、アレストラの腕輪で消せた」

アレストラの腕輪は、メルクリウス家の秘宝だ。始祖王が女神ファラから授かり、メルクリウス家の初代に下賜した。あらゆる魔法攻撃を吸収し無効化するという。

「私の体でなく周囲の地面が狙いとわかっていれば、他にやりようがあった。だが、攪乱《かくらん》と弾幕と高速詠唱と破天荒な戦術により、何を狙っているか私に悟らせなかった。見事であった。私はおくれを取った。とはいえ、まだ反撃は可能であった」

そうだ。あの意外な展開に、闘技場を埋め尽くした観衆がかたずをのんだ。次に何が起きるか予想不可能な局面だった。

ところが試合は突然終わった。審判がパーシヴァルの勝利を宣告したのだ。相手の反則負けである。武闘会では相手を殺してはならない。また死んでしまうような攻撃をすることは、大会規則で禁じられている。

「まったく不可解な判定であった。どのような攻撃が死ぬほど危険かは、相手と攻撃のしかたによる。こちらは刃引きさえせぬ剣をつかっているのだし、現にろくに怪我《けが》などしておらなんだ」

自分の勝利に不満を並べるパーシヴァルを、ローガンは不思議なものをみるような目でみた。

「高速戦闘を得意とする私から、サモン・コメットなどという大型魔法を撃てる時間を確保したことは、相手の技量の高さを示す以外の何物でもない。こちらの能力や反応、そして所持アイテムを読みきったうえで、サモン・コメットという決戦魔法の余波を使って有利な場面を作り上げたセンスのよさには、最高の賛辞が与えられてしかるべきではないか」

やっとわくわくするような戦いに出会った。このあと相手はどのような攻撃を仕掛けてくるのか。それは自分を打ち倒せるほどのものかもしれない。そう思えてしまうほどにすばらしい敵手だった。

「それなのに、相手の勝利と判定するならともかく、私の勝ちだというのだ。これを不可解と言わずして何を不可解と言えばよい」

それほど不満があるなら審判に異議を申し立てればよかったではないですか、とは言わなかった。それはパーシヴァルの流儀ではない。

「理不尽さに耐え、翌日の決勝にのぞんだが、何の意味も喜びもない戦いとなった。あれほど弱い剣士がなぜ決勝に残れたのか、準決勝の判定以上に不可解であった」

「ご本人を目の前にして失礼ですが、ひどい決勝でしたなあ」

「ははは。私もそう思う。とはいえ、準決勝での魔法使いとの対戦は有益な経験であった」

「ほう？　何か収穫でも？」

「うむ。あれ以来、どのような人間と、あるいはモンスターと対決していても、心のどこかで思うのだ。次の瞬間には彗星《すいせい》が落ちてくるかもしれないと」

それが珍しくも天剣の言い放ったジョークだと気がついたのは、扉が閉まったあとだった。

この会話からしばらくのち、ローガンは手を回していくつかの情報を得た。

まず、準決勝の審判はある貴族家お抱えの武術師範なのだが、なぜかその貴族家はパーシヴァルに恩を売ったと思い込んでいたようである。

次に、決勝の相手が王の当時の愛妾《あいしょう》の兄であったことは周知の事実だが、気を利かせた宮廷雀《すずめ》の一人が、控室のパーシヴァルを訪ね、相手に勝ちを譲るよう勧めたというのである。

もちろん、パーシヴァル自身はそのようなことを語らない。語らないが、心のなかでは怒っている。二度と天覧武闘会には出場しないという身の処し方によって、その怒りを表現したのだ。それがパーシヴァルの流儀なのである。

（なるほどなあ。あほらしい話だが、ありそうな話だ）

そのありそうな話を不快に思い、自分の勝利は不当だと憤るパーシヴァルに、ローガンは好ましいものを感じたのである。

3

「ここの茶はうまい」

「そりゃ、どうも」

パーシヴァルの言葉に、ローガンは回想から引き戻された。

メルクリウス家で使う茶葉に比べたら、ギルドの茶葉など茶葉ともいえないような代物だ。それで高位貴族の舌に合うような茶を淹《い》れられるとしたら、やはりあの事務長はただものではない。

そのようにローガンは考えたのだが、ずっとあとになって気づいた。

パーシヴァルがうまいと言ったのは、ここのギルドでローガンと一緒に飲む茶がうまいという意味だったのだ。

しばらく無言で茶の香りと味を楽しんだあと、パーシヴァルは最後の一口を飲み干し、すっと立ち上がった。

ローガンも立ち上がった。

「どうぞ、ご無事で」

「うむ」

Sクラス冒険者であっても、ソロなら適正階数はせいぜい五十階層だ。ところがこの寡黙な貴族は、九十階層より深くもぐるのだという。むろんそれはメルクリウス家が襲蔵する強力な秘宝の数々があってのことでもあるが、それにしてもこの名剣士の強さは異常といわねばならない。

このときローガンは、再びパーシヴァルに会えることを疑っていなかった。

4

ミノタウロスは、両手に斧《おの》を持ってボス部屋を出た。

あれほど強硬に通過を拒んだ出入り口が、あっけなく通れた。

出入り口をくぐり抜けると、左右に岩の回廊が続いていた。

左側に向かって歩く。

ほどなく道は左右に分かれた。

右の道を選ぶ。

いくつかの分岐を過ぎたあと、前方に気配があった。

薄暗い通路の向こうに、一対の眼《め》が光っている。

相手が駆けてきた。

灰色狼《おおかみ》である。

攻撃しようとしているのは明らかだ。

ミノタウロスは身をかがめ、右手の斧を狼の頭にたたきつけた。

だが、当たると思った打撃は空を切った。

狼は半歩手前で身をひるがえし、右足をかすめて通り過ぎたのである。

反転して攻撃してくるであろう狼を迎え撃つため素早く振り向いたとき、右足に痛みが走った。

右膝からくるぶしにかけての肉が、えぐられている。

ちっぽけな狼に傷をつけられ、ミノタウロスの視界は怒りで真っ赤にそまった。

飛びかかってきた狼を迎撃すべく、斧を横なぎにふるう。

しかし、今度も敵をとらえることはできなかった。

狼はミノタウロスに跳びかかるのではなく、壁面に飛びついたのだ。そして突き出た岩を踏み台にしてミノタウロスの喉笛に噛《か》みつこうとしたのである。

普通の相手であれば勝負を決したであろうこの一撃は、しかし狼の失策となった。

ミノタウロスは、恐るべき反射神経であごを伏せて喉を守った。

狼がミノタウロスの頑丈なあごをかみ砕きそこねた一瞬、ミノタウロスは斧を手放すと、両の手で狼の頭をつかみ、そのまま岩壁に突進した。
「ギャイン！」
岩壁にたたきつけられた狼は悲鳴を上げた。
ミノタウロスは、頭突きで狼をもう一度岩壁にたたきつける。
鋼鉄をねじり合わせたような二本の角が、狼の腹部をあっさりと貫いた。
狼の体液が顔と体に降りそそぐのもかまわず、繰り返し、繰り返し、頭突きを続けた。
どすっ。どすっ。
びちゃっ。びちゃっ。
狼の腹は大きく裂け、内臓があふれだしてきた。
なおもミノタウロスは、頭突きを続けた。
もがく狼の爪に腕や胸をえぐられても、ひるむようすもない。
やがて狼は、あがきをやめ、痙攣《けいれん》を始めた。
その痙攣も、ほどなく止まり、狼はまったく動かなくなった。
それでもミノタウロスは頭突きを続ける。
と、急に狼の姿が消え、ミノタウロスは、したたかに岩に頭を打ちつけた。
狼は、いったいどこに行ったのか。

ふと下をみると、赤い小さなポーションと、銀貨が何枚か落ちていた。

俺が欲しいのは、こんな物ではない。

ミノタウロスは、とまどい、怒った。

勝利の報酬は、あの狼の肉でなくてはならない。

肉だ。肉だ。

あの肉を食らわねばならなかったのに。

あれは俺の物だったのに。

飢えはいっそうひどくなるばかりだった。

ミノタウロスは、斧を拾い上げ、迷宮の奥へ進んだ。

5

いた。

先ほどと同じ灰色狼である。

その俊敏性と狡猾《こうかつ》さは、すでに学習した。

ミノタウロスは、左手の斧を喉の前に構え、右手の斧を敵のほうに向け、油断なく狼の動きをみつめた。

すばらしい速度で走り寄った狼は、接触する直前に左に身をかわした。

そこに、すっと右手の斧を突き出す。

斧の切っ先が、狼の右頬に食い込む。

刹那、左手の斧を狼の首に振り下ろした。

狼の首が跳ね飛び、胴体は床の岩盤に打ちつけられた。

肉だ。

ミノタウロスの眼が歓喜の色をたたえた。

しかし、今度も、絶命した狼の姿は消え去り、あとには青い小さなポーションと、数枚の銀貨が残された。

ミノタウロスの顔が、怒りにゆがむ。

何だ、これは！

またも俺から戦利品を取り上げるのか！

ふざけるな！

肉をよこせ！

ミノタウロスは、青いポーションを踏みつぶすと、さらに奥へと進んだ。

すぐに三匹目の狼に出会った。

今度は、こちらから駆け寄った。

左手でフェイントの攻撃を仕掛け、狼を右側に誘導して、その鼻面に右手の斧をたたき込んだ。

狼は、真っ二つに切り裂かれた。

肉だ。肉だ。

肉をよこせ。

変な物に変わるんじゃないぞ。

お前の肉を、俺によこせ。

相手をみかけた瞬間から、心のなかで叫び続けた。

今度の狼は、姿を消すことなく、血だまりのなかに沈んでいる。

斧で肉を切り取り、口に運んだ。

かみしめて飲み込んだとき、何とも言えない充足感がミノタウロスをひたした。

肉だ。

肉だ。

狼の肉をむさぼった。

半分ほどの肉を腹に収めたとき、またも狼の姿は消え、数枚の銀貨が残された。

腹は満ちた。
それなのに飢えが治まっていないことに、ミノタウロスは気づいた。
斧を両手に持って立ち上がると、次の敵を探して歩きはじめた。
繰り返し繰り返し、ミノタウロスは狼と戦った。
たいてい狼は一匹であったが、時には群れで行動していた。
五匹の群れに出会ったときには、連携攻撃にとまどい、たくさんの傷を受けた。
狼が死ぬと、赤いポーションか青いポーションと銀貨が残る。
死骸は血痕もろとも消《き》え失《う》せてしまう。
しかし、死骸が残るよう念じながら殺すと、しばらくのあいだは死骸が残る。
幾度かは肉を食らった。
食べることに飽きると、ただ戦うために戦った。
戦い続けることで、ミノタウロスの強さは磨かれていった。

6

次の敵を求めて歩いていると、前方から戦闘の気配がした。

近づいてみると、人間が狼と戦っていた。

人間は一人である。

革《かわ》の鎧《よろい》を身に着け、剣で戦っている。

回廊には、二匹の狼が血まみれになって転がっている。剣士が倒したのであろう。

二匹の狼は、動くこともできないほどダメージを受けている。

三匹の群れと遭遇し、二匹を倒し、最後の一匹と戦っているのだ。

だが、剣士も相当に傷ついている。

顔には幾筋もの裂傷が走り、服は血にそまっている。左手は動かせないほど傷を受けているのか、だらんと垂れている。

いっぽう、狼のほうも相当な痛手を受けているが、動きは素早い。低い位置から威嚇すると、すきをみては剣士に飛びかかり、肉を削り取る。

剣士がミノタウロスに気づく。

目が驚愕《きょうがく》にみひらかれた。

現在の敵でさえようやくしのいでいるのに、新たな強敵が近づいてきたのである。この場にいるはずのない恐るべき敵が。絶望を感じて当然ではある。

しかし、ミノタウロスには、この戦いに参戦するつもりはなかった。

弱っている獲物を倒してもしかたがない。

それよりも、人間が灰色狼と戦っている、そのわざに興味があった。

剣士は、刃先を狼のほうに向けてはずさない。

狼が爪や牙で攻撃をすると、手首をひねり、剣の角度を変えて攻撃を受け、そらす。最低限の動きで、攻めをしのいでいる。

体力を温存するためでもあろうが、あれならば大きく体勢が崩れることもない。

体の端をかすめるような攻撃は無視している。

そのため、傷は少しずつ増えているが、体の中心に来る攻撃は防ぎきっている。

ミノタウロスに、分析的に男の動きを理解できるほどの知力があったわけではないが、学ぶものがあると感じ、戦いの行方をみまもった。

決着は突然であった。

剣士の体がぐらりと揺れたのをみのがさず、狼が飛びかかった。

ミノタウロスは、それが人間の仕掛けた罠《わな》であると気がついていた。

剣士は、剣で小石をはじいて狼の顔に当てた。

狼がわずかにひるんだ瞬間、動かないはずの左手を狼の喉に突き込む。

手の骨がかみ砕かれる音が聞こえる。

その瞬間、右手の剣は狼の腹部に差し込まれ、びりびりと音を立てて股までを一気に斬り裂く。

狼の飛びかかった勢いに押され、剣士は仰向けに倒れ込んだ。

その体の上にのしかかった狼は、すでに事切れていたのであろう。

剣士の腹に、赤いポーションと数枚の銀貨が残された。

剣士は、剣を手放して、赤いポーションを右手でつかむと、仰向けのままミノタウロスのほうをみながら飲み干した。

全身の傷がみるみる癒やされていく。

ぐしゃぐしゃになった左手さえ修復されていく。

剣士は、剣を杖《つえ》に起き上がり、瀕死《ひんし》の二匹にとどめをさした。

一匹は銀貨と赤ポーションに、一匹は銀貨と青ポーションになった。

剣士は、二つのポーションをすぐにあおった。

傷はさらに治り、気力さえ取り戻したようにみえる。

そうした行動を取るあいだ、注意をミノタウロスからそらすことはなかった。

ミノタウロスのほうでは、戦いが終わるとともに、剣士に対する興味を失っていた。

剣士が完全には復調していないのは明らかであり、殺すに値する強さを感じなかったのである。

続いて剣士は、落ちていた銀貨を拾い集めた。

抜き身の剣を右手に持ち、巨大な敵をにらみながら、回廊の奥に後ずさってゆく。

と、剣士の姿が横穴に消えた。

ほどなく気配が消えてしまう。

不審に思って近づくと、横穴とみえたものは、上方に続く階段であった。

階段の先には、新しい戦いが待っているのだろうか。

だがまず必要なのは休息だ。

ミノタウロスはきびすを返し、生まれた部屋に戻ると、眠りについた。

第3話　冒険者ギルド長の困惑

1

ミノタウロスが目を覚まし、湖の水を飲んでいると、ボス部屋に人間が現れた。

「いたぜ」

身軽そうな装備をしている。小柄な背中から短弓がのぞいている。男はスカウトであった。

ミノタウロスは振り向いて立ち上がった。両手に斧《おの》を持って。

「いて当然よね。階層ボスがボス部屋を出て歩き回ってるなんて、冗談じゃないわ」

答えたのは、後ろから現れた若い女である。

右手には短い杖《つえ》が握られている。

魔法発動の依《よ》り代《しろ》だ。

「ええ。それはそうですね。でも、九階への階段付近でミノタウロスをみかけたと報告しているのは、マルコですからね。いいかげんなことを言う人じゃない。それに、十階のあちこちで放置された銀貨やポーションがみつかってるのは間違いないですよ。現にぼくたちも拾ってきたじゃないですか」

三人目は、がっしりした大柄な青年で、幅広の長剣を持っている。

胸、肩、額、腕などは金属板に覆われており、防御力の高そうな剣士である。

「で、どうする？　このまま帰るか？　倒しておくかあ？」

スカウトの軽口に、魔法使いの女が答える。

「このミノタウロス、気にくわないわ」

眉間にはしわが寄っている。口調ははき出すようである。

「なんでこいつ、あたしらをみても吠《ほ》えないの？　突っかかってこないの？　なんでこいつ、偉そうに立ったまま値踏みするようにこっちをみてるの？　こいつ、やっぱり変よ」

「そういや、そうだな。ミノタウロスとは一回しか戦ったことないけど、あんときとはずいぶんちがう感じがするぜ」

「倒しましょう。恩寵《おんちょう》付きのバスタードソードが出たら、下さいね。その他の物なら、お二人でどうぞ」

「いや、そりゃ出ねえだろう。相当なレアドロップだぜ。恩寵バスタードソード狙いで、五十体以上ミノタウロスを狩り続けたけど、結局ドロップしなかったってやつの話を聞いたことがあるぜ」

「それ、ぼくです。あと、まだ四十九体なんです。次こそ出そうな気がします」

「お前だったのか。それにしても、そんだけの数、一人で倒したのか？　すげえな。ていうかボスを独り占めすんな。今日も一人でやれ」

「だめよ！　あたしも、普段ならミノタウロスは一人で狩るわ。でも、こいつはだめ。悪い予感がするの。全員でかかるのよ。パジャ、指揮お願い」

「へいへい。じゃ、戦闘隊形」

すっと、三人はフォーメーションを組み替えた。

先ほどまでは、探索用のフォーメーションであったが、これは戦闘用のフォーメーションである。剣士が前に立ち、距離を置いて魔法使いが、その斜め後ろにスカウトが立つ。

臨時パーティーではあるが、お互いの特性やスキルは確認済みである。

「シャル、足止め準備。レイ、そのままの速度で前進。接敵したら防御主体で敵を引きつけてくれ。シャル、足止め発動後、詠唱の速い攻撃呪文を連発。俺がアイカロスを射《う》ったら、威力の大きい魔法を準備」

そのまま三人は、奇怪な生き物のほうに進んでゆく。

（やっぱりでかいなあ）

そうレイストランドは思った。

三人のなかではずば抜けて大きいレイストランドの背丈が、このミノタウロスの肩までしかないのである。

(今まで遭ったなかで一番大きいミノタウロスだな)

(威圧感、すごいや)

だが、これを足止めするのが前衛たるレイストランドの役目である。

それに、すぐ魔法が来るだろう。

「アースバインド」

シャルリアが発動呪文を唱える。

レイストランドを攻撃の間合いにとらえようとした怪物の歩みが、突然止められた。

地面から黒い木の根のような物が出て、足にからみついている。

怪物が足元に気を取られたすきをのがさず、レイストランドは左足を大きく踏み込み、剣を右後ろに引いてから、たっぷり加速を付けて両手剣をミノタウロスの脇腹にたたき込む。

強靱《きょうじん》な筋肉の鎧《よろい》に覆われたミノタウロスであるが、ここは刃が通りやすいのである。

驚いたことに刃は筋肉にはじき返されたが、確かに傷はつけた。

これでミノタウロスは自分を標的にしたはずだと思いながら、レイストランドは小刻みな攻撃を仕掛けようとした。

そこに左手の斧が横から切り込んできた。

重量のある攻撃なので、カッティングではそらしきれないと判断し、両手剣を下からかち上げて手斧の軌道をそらす。

上から右手の斧が唸《うな》りをあげて降ってきた。

左手の斧をそらすために両手剣に力を込めた瞬間に攻撃されたので、迎撃できない。

身をそらしながらのバックステップで、かろうじてかわした。

「うわっ。あ、危なかった」

今まで戦ったミノタウロスとはちがう、とレイストランドは思った。

パジャは、自分の目を疑った。

(今、このミノタウロス、フェイントを使わなかったか?)

(いや、何をばかな)

(気のせいだ)

だが、優れたスカウトであるパジャは、一目みたときからこれが尋常なミノタウロスでないと気づいていた。軽口をたたきながらも、胸中には悪寒がふくれ上がってきていたのである。いきなりアイカロスなどという高価な毒矢の使用を作戦に組み込んだのも、スカウトとしての嗅覚のなせるわざであった。

「アイス・ナイフ」

シャルリアの放つ氷のくさびがミノタウロスを襲う。

「アイス・ナイフ」

「アイス・ナイフ」

「アイス・ナイフ」

「アイス・ナイフ」

立て続けに魔法が撃ち出される。

この魔法は、比較的短時間の準備詠唱のあと魔力と技術に応じて複数の発動ができる点に強みがある。それにしても、これほど短い間隔で五本の連続発動ができるのは、この女魔法使いの技量の高さを示している。

一本目のアイス・ナイフは顔を狙った。

続く四本は胸を狙った。

ミノタウロスは、左手の斧を顔前に掲げて一本目を防いだ。

こしゃくなまねを、とシャルリアは思った。

(だけど、これでこちらの勝ちよ)

どんなモンスターも、顔を攻撃されるのはいやがる。

そして顔に注意を集中した次の瞬間に胸を襲う四本もの氷のくさびはかわせない。胸を襲った攻撃魔法の痛みに驚いているあいだに、パジャの短弓から毒矢が飛ぶ。矢に気づいてかわそうとするかもしれないが、足は地に縫いつけられているので大きくは動けない。アイカロスの矢は、強力な麻痺《まひ》毒を持つうえに、狙いがはずれにくい祝福がかけられている。すぐにこの矢が怪物に突き刺さり、勝負は一方的なものになるだろう。

音もなくパジャが矢を放った。

ミノタウロスは、四本のアイス・ナイフに目もくれず、毒矢だけを左斧ではじいた。

四本のアイス・ナイフのうち三本は、ミノタウロスの腹と胸に刺さり、一本は左腕に刺さった。しかしミノタウロスはひるまない。右手の斧で剣士を攻撃し続けた。剣士に攻撃の余裕を与えないように。

パジャは、あぜんとした。

(ひょっとして、意識して毒矢だけを防いだのか?)

(いや、んなばかな)

偶然にせよ、毒矢が不発に終わったのは痛手である。

アイカロスの矢は、神殿での儀式で作られる。高価なのである。一度撃てば魔力は消費され、二度と使えない。

今回の依頼は、ギルドに貸しを作るつもりで安い報酬に目をつぶって受けた。

消耗品の経費は、三人で均等に分担する約束だ。

（こんちくしょうめ）

（こうなったら、高めのアイテムをドロップしやがれ！）

シャルリアもレイストランドも同じことを考えていた。

2

ミノタウロスは、いらいらしていた。

足止めの魔法がかけ直され、剣士は右側に、スカウトは左側に回り、攻撃角度を広げたうえで、絶え間なく剣による攻撃と攪乱《かくらん》射撃を繰り返してくる。

魔法使いが撃ってくる氷のナイフは一撃の威力はそれほどではないが、確実に傷を増やしていく。ミノタウロスが流した血は足元の岩場に血だまりを作っている。

うっとうしい。

うっとうしい。

うっとうしい。

一人一人は、さして強力な敵とは思えない。だが三人で連携されると、どうにも戦いにくい。こんな相手に翻弄《ほんろう》されているおのれが、あまりにはがゆく、許せなかった。

3

三人の冒険者は、あせりを覚えはじめていた。

こんなはずではなかった。

確かにミノタウロスは、このあたりの階層では強力なボスモンスターであり、Dクラス冒険者がソロで討伐すれば無条件にCクラスにクラスアップできるほどの強さだ。

しかし、しょせんは馬鹿力とタフさだけが持ち味の近接攻撃特化型モンスターであり、Cクラスでも上位にある三人がパーティーを組めば、らくに倒せる相手のはずなのである。

それなのに、攻めきれない。

毒矢ははじかれ、スカウトの矢玉はことごとく退けられた。

アイス・ナイフで着実に傷を増やしているが、ミノタウロスは、巧妙に体の中心線は守り続け、急所への被弾はない。血は流しながらも動きは少しもにぶくならない。まるで無限の体力を持っているかのようである。

アースバインドが効いているからなんとか互角に戦えているが、どこまでねばれば倒せるのか見当もつかない。

レイストランドは、いつもであれば、相手を怒らせてからすきをついて手足を切り落としてゆき、最後に首を落としてミノタウロスを倒す。だが、このミノタウロスは、手足を切り落とさせるすきをまったくみせない。

シャルリアは、いつもであれば、足止めしたうえで小刻みな攻撃を続け、相手が武器を取り落としてからフレイムボールでとどめをさす。しかし、このミノタウロスは、斧を取り落とす気配をみせない。フレイムボールの詠唱でじっとしているところに斧を投げつけられる危険は冒せない。

パジャは、ソロではミノタウロスと戦わない。相性がよくないからだ。それでも、シャルリアとレイストランドが一緒なら、万一にも負ける心配はないはずだった。

冒険者たちは、体力回復の赤ポーションと、精神力回復の青ポーションを断続的に摂取することで、かろうじて戦闘力を保っていた。

だが、物資には限りがある。

特に、シャルリアはアースバインドを放つたびに青ポーションを飲んでいるが、残数が少ないので、もうあまり長くは戦えない。

パジャの使う短弓は、二十階層のボスモンスターからドロップしたレアアイテムで、通常攻撃であれば矢の補給が必要ないが、そのぶん精神力を消費する。こちらも青ポーションの残量は多くない。

そして、いくらポーションを飲んでも、集中力は回復しない。心の疲労はたまっていくのである。やがて均衡は崩れるだろう。

どれほど攻防を繰り返したか。

ミノタウロスのいらだちは頂点に達した。

突然、防御の構えを解くと、顔をしかめて息を吸い込みはじめた。

「いかん。黄ポ準備っ。ハウリングが来るぞ！」

三人はベルトのホルダーや小物入れから黄ポーションを取り出し、口に含んだ。

ブオォォォォォォォォォォォォォォォーーーーーー!!

ハウリングが三人をとらえる。

冒険者たちは、すかさず口腔《こうこう》内のポーションを飲み込む。

効果はすぐに現れた。黄ポーションには、状態異常を解除する効果があるのである。

「やむを得ん。もう一本アイカロスを使うぞっ」

パジャの叫びに、シャルリアもレイストランドも、安堵《あんど》感が腹の底から湧いてくるのを感じた。

二本目の毒矢を使うことで赤字はふくらむが、このつらい膠着《こうちゃく》状態を終わらせてくれるなら、もうそれでよかった。

だが、そのとき。


ブオォォォォォォォォォォォォーーーーー‼


「えっ？」

「うわっ」

「ばかなっ」

二度目のハウリングが三人を襲った。

三人は、この攻撃を予期していなかった。

ミノタウロスのハウリングは、一度使用すると次に使用できるまで長いブランクタイムがある。

事実上、一度の戦闘では一度しか使えない。

だから、これは本来ならあり得ない攻撃なのである。

まさか、このミノタウロスがレベルアップしたために、スキルもランクアップしていたとは、想像もできなかった。

三人は、なんとか黄ポーションを取り出そうとするが、体の自由は利かない。

シャルリアは、杖の根本を口に押し込んで、かみしめた。

父から譲られたこの杖は、エルフがトネリコの木で作った物であるといわれている。魔除《まよ》けの効果があり、また精神力を高める効果がある。もうエルフなど地上にいないのだから、これは本当に希少なアイテムなのである。

杖は状態異常にも効いた。体が動くようになったシャルリアは、一か八かフレイムボールの準備詠唱を開始した。

（いくらこいつでも、フレイムボールが直撃すれば、ただではすまないはず）

だが、シャルリアが何かを謀《たくら》んでぶつぶつと呪文を唱えていることを、ミノタウロスはみのがさなかった。

ミノタウロスは、右手の斧をくるりと回すと身をかがめ、鋼鉄の斧頭で足元の岩を打った。岩は飛礫《つぶて》となってシャルリアに襲いかかり、顔に、胸に、腹に、足に、いくつもの穴をうがった。

詠唱は中断された。

冒険者たちは、さらに信じられない光景を目にする。

ミノタウロスは、ひときわ高く怒りの唸り声を上げると、アースバインドを引きちぎったのである。

魔法が砕け散る音が響き、束縛の効果は完全に消滅した。

シャルリアは、痛みでもうろうとしながら恐怖の目で怪物をみた。

ミノタウロスが、いったん発動したアースバインドを自力で脱することなど、あり得ない。

だが、現にミノタウロスは自由を取り戻し、自分たちは動くこともままならない。

まずレイストランドの首が飛んだ。

次にパジャが唐竹割にされた。

最後にシャルリアがくしゃりとつぶされた。

こうして戦闘は終わった。

三人の屍体《したい》は消え、あとには所持していたアイテムが残った。

4

ミノタウロスは、ある機能に気がついた。

きっかけは、三人の冒険者との戦いのあと、剣士の使っていた両手剣に興味を持ったことである。

斧を置いて、剣を拾い上げようとした。そのとき、どういう意識の働きか、右手の斧を、ひょいと左肩の上に収めたのである。

手斧は、何もない空間に消えた。

斧が消えたことに驚き、そんなことをした自分に驚いた。いろいろ試してみて、左肩の上に、いわばみえない収納庫があって、物品をしまっておけるのだとわかった。

剣でも、杖でも、ポーションでも、銀貨でも、その他、試した物は何でも収納できた。

収納できる数や量には限りがあるようだが、今のミノタウロスにとっては充分な収納力だった。

取り出すときには、その物品を思い出しながら左肩の上をまさぐる。すると、その物品がつかめる。そのまま引き出せばよいのである。

それは〈ザック〉と呼ばれる機能だった。神殿で冒険者の恩寵職を授かると得られる能力の一つで、迷宮の外でも使える。騎士は〈ルーム〉と呼ばれる収納機能を、商人は〈カーゴ〉と呼ばれる収納機能を授かるが、〈ザック〉は取り回しのよさに特徴がある。そのぶん容量は少ないのだが、レベルの上昇に伴って容量は増大する。そして冒険者はレベルの上がりやすい恩寵職だ。

そのみえざる収納庫を、戦利品置き場として使うことにした。

よい戦いから生まれた戦利品はおのれとともにあればよいと考えたのである。

この戦いで、ミノタウロスは再びレベルアップをした。

だが、戦いの記憶は苦い。自分はまだ戦い方を知らないと思い知らされたのである。

階段を上ってみよう。新たな敵に出会うために。

そう思った。

階段に足を踏み入れようとすると、何ともいえない奇妙な感覚が身を包んだ。その奇妙さを我慢して階段を上った。

九階層に上がると、剣戟の音が耳に入った。

階段の近くに横穴がある。音はその横穴から聞こえる。

穴をくぐると、なかは広い部屋になっていた。

豚のような顔をしたモンスターと、五人の人間が戦っていた。

モンスターの数も五匹で、長剣、槍《やり》、短剣、鉄棒、太い棍棒《こんぼう》を持っている。人間がオークと呼んでいるモンスターだ。

対する人間は、剣を持った男が三人、杖を持ってローブをまとった女が一人、祈禱《きとう》書を両手で広げて持っている女が一人である。

人間たちは、後ろに現れたミノタウロスに、気づいていない。

前衛の剣士三人は、よい動きをみせて、五匹のオークを防いでいる。

杖を持った女は、ぶつぶつと呪文を唱え、「ライトニング」と叫んで杖でオークを指した。

すると杖から光弾が飛び出してオークを直撃し、オークの腕が吹き飛んだ。

すかさず、右側の剣士がそのオークの胸に剣を突き入れる。

オークが血を吐いて倒れ込む。

魔法使いは、またもぶつぶつ呪文を唱えている。

「ライトニング！」

今度は、中央の剣士ともみあっていたオークの腹をえぐった。

左側で二匹のオークを相手にしていた剣士が一匹の持つ短剣をたたき落としたが、もう一匹のオークが振り下ろした太い棍棒をよけそこねて、したたかに右肩を打たれた。

「回復よろしくっ」

負傷した剣士が叫ぶ。

神官の女が、「キュア！」と呪文を唱える。

祈禱書が、ぼわっと緑色に光る。

淡い緑の光が、一瞬、傷ついた剣士を包み込み、消える。

「ありがとっ」

中央の剣士は、横腹をえぐられたオークの下腹部に剣を突き入れると、ブーツでそのオークを蹴り飛ばした。蹴り飛ばされた先には、棍棒を振りかざして左側の剣士に襲いかかろうとしているオークがいた。

モンスター同士がぶつかって体勢が崩れるあいだに、中央の剣士が飛び込んで、棍棒を持ったオークの首を薙《な》ぐ。傷の癒えた左側の剣士が、中央の剣士と位置を入れ替え、突っ込んできたオークの槍を剣でたたいた。

オークの槍が落ちる。

剣士の脇をかすめて、ライトニングがオークに突き刺さり、致命傷を与えた。

「おいおい、危ねえって、今のライトニング。かすったぞっ」

「大丈夫だって。ちゃんと狙ってるから、あんたを」

「俺を狙って、どうすんのっ」

「そこを、あんたがさっとかわせばオークを直撃できるってわけよ」

戦闘に決着がつき余裕が生まれたのか、冗談の応酬をしながら剣士が魔法使いを振り返った。

そして後ろの怪物に気づく。

かくん、と剣士のあごが落ち、目は驚愕《きょうがく》にみひらかれる。

「み、み、み」

「水が欲しいんなら、三べん回ってわんって言いなさい。私はもう水持ってないけど」

「み、み、み、み」

「今日は一段と、カレンのロルフいじりが好調だね」

「うん。いい感じに絶好調だね」

残ったオークにとどめをさした二人の剣士が、笑顔で振り返る。

ともに、ミノタウロスに気づき、真っ青になる。

それをみて、魔法使いの女と後ろの女も振り返る。

魔法使いのカレンが、失神して倒れかかる。

剣士のロルフが素早く駆け寄って、抱き留める。

その隣では、神官のジョナが、へなへなと崩れ落ちる。

残りの二人の剣士は、剣を構える気力も失《う》せたのか、ほうけたように怪物をみている。

この若い五人パーティーは、数日前に、Eクラスに昇格したばかりである。

Eクラスは、適正な職種で一対一なら六階層のモンスターに勝てるという程度の強さである。

連携のよさで、九階層で同数のモンスター相手に危なげなく戦ってはいるが、彼らのほとんどはミノタウロスの一撃で死ぬ。

しかも今は、みた目ほどは余裕のない戦いを終えたばかりなのであり、後ろに立つミノタウロスの姿は死神にみえたはずである。

ミノタウロスのほうでは、よい動きと連携をする者たちであるから戦ってみるのも面白いかと思っていた。

だが、人間たちにみなぎっていた闘気は、すうっとしぼんでしまった。

戦闘になりそうもないので、興味を失い、振り向いて部屋を出た。

九階層は、オークの出現する階層であった。

オークは、単体では十階層の灰色狼《おおかみ》より弱いと思われたが、その代わり、必ず群れで行動していた。

いろいろな武器を持っていた。

刃物の扱いは不器用であったが、膂力《りょりょく》があるため、棍棒などの鈍器には、意外なほどの破壊力が込められていることがあった。

十匹ほどの集団であれば、そこそこ戦いを楽しむことができたが、それもすぐに飽きた。

オークには、およそ連携というものがない。動きは単調で、攻撃は力任せである。その力さえ、今のミノタウロスに傷をつけるには及ばない。

フロアボスの部屋にも行き当たった。

この階のボスは巨大なオークであるが、ミノタウロスに比べれば小柄である。剣筋は粗雑で、何のひねりもない。

あっさり首を刎《は》ねた。

長剣と銀貨がドロップしたが、拾おうともせずボス部屋を出て、階段を探した。

5

ミケーヌの街の冒険者ギルド長ローガンは、困惑していた。

事の起こりは、サザードン迷宮九階層と十階層をつなぐ階段付近でミノタウロスをみた、というDクラス冒険者の報告であった。

いうまでもなく、ミノタウロスは十階層のボスモンスターである。

ボスモンスターというものはボス部屋の中にいるものであり、その部屋を出ることはない。

これは初心者講習で冒険者の卵に最初にレクチャーする基礎知識の一環であり、サザードン迷宮にかぎらず、あらゆる迷宮に共通する常識である。

だから、最初に報告を聞いた受付の職員は、みまちがいか記憶の混乱であろうという所見を添えて、緊急度の低い案件として処理した。

それから三日ほどのうちに、十階層のあちこちで銀貨やポーションが放置されていたという噂《うわさ》話《ばなし》が広がった。

もともと十階層は人気の低いエリアである。迷宮にもぐらず、護衛や討伐や採取その他の依頼で生活する冒険者にとっては、ミノタウロスを倒すだけでCクラスが取れ、依頼請負の幅が広がるというのは魅力的であるが、その場合、狼は必ず回避する。

それなのに、十階層で狼を倒して回っている物好きがいる。

ドロップ品を放置したままで。

ローガンは、ギルド職員たちに、十階層に関する情報を集めるよう命じた。

するとまず、エリナという女戦士の冒険者メダルと残留アイテムが、十階層のボス部屋の前で回収された、という記録が出てきた。

ボスモンスターに戦いを挑んで敗北しボス部屋の付近で力尽きて死ぬ、というのは時々は起ることであり、これ自体は異常な出来事ではない。

しかし、マルコという剣士がミノタウロスをボス部屋の外でみかけたという報告は、事実であるとすれば異常な出来事である。

「ミノタウロスが灰色狼を倒してるのか？」

どうやったらボス部屋の外に出せるのかは思いつかないが、強力な支配呪文などを使えば、ミノタウロスに狼を攻撃させることは可能かもしれない。そんなミノタウロスが徘徊《はいかい》しているとすれば看過できない。

（とにかく調査してみるか）

ローガンは探索依頼書を書いた。

依頼者は、ギルド長ローガン。

請負資格はCクラス以上。

依頼内容は、十階層を調査しミノタウロスの所在とようすを確認するとともに、不審を感じたら討伐すること。

冒険者たちがたむろする一階に下りる。

依頼掲示板の前に多くの冒険者がいる。

そのなかにパジャの姿があった。

優秀なスカウトであり、この任務には、まさにうってつけである。

「パジャ」

「お、ギルド長様じゃねえか」

「ちょうどいい。この依頼を受けてくれんか」

「どれどれ。ほう？　なんでまた牛頭《うしあたま》なんぞを調べるんだ？」

ローガンは、事情を説明した。

「なるほど。事情はわかったけど、この報酬、ちと安すぎじゃねえか？」

「ミノタウロスがボス部屋にいて、異常が何もなければ、それを報告するだけでいいんだ。今のところ明らかな問題が確認されとるわけではないから、これ以上の報酬は設定できん。わしに貸しを作ってみんか」

「ほう。あんたに貸しかい。悪くねえな。わかったぜ。請けさせてもらう」

「その話、あたしたちも、かませてもらえないかしら」

横から割り込んできたのは、魔法使いのシャルリアだ。

その後ろに剣士のレイストランドがいる。

ともに、まもなくBクラスに上がるであろうCクラス冒険者である。

「うげっ？　シャルじゃねえか。冗談よせよ。この報酬、二人で分けた日にゃ、赤字になっちまう」

「三人よ。レイも行くわ。依頼報酬は、あんたが一人で取ればいい。ドロップ品は山分けで。あたしたちは、ギルド長への貸しができればそれでいい。その代わり、報告はあんた一人でしてね。牛頭を倒したら、あたしたち二人は下に行くから」

「あ、そういうことかよ。お前ら、はなから下で狩りするつもりだったな？　行きがけの駄賃てわけかい」

「ええ。レイと三十二階層で狩りをするの。転送サービスを使うか、悩んでたのよ。高いからね。十階層に寄って依頼を済ませて、あとは走って下りることにするわ。ギルド長、それでいいわね？」

いいも何もない。

シャルリアとレイストランドなら、それぞれ一人でもミノタウロスを撃破できる。

この二人がいれば、パジャは毒矢を節約できるだろう。

そういえば、レイストランドはミノタウロスのレアドロップを狙っていると聞いた覚えがある。

もしかして、最初からミノタウロス討伐は予定のうちだったのかもしれない。

シャルリアとレイストランドだけでは調査の精度に不安が残る。この三人で行ってもらえれば言うことはない。

「むろんだ。よろしく頼む」

「だって。パジャ、よろしくね。あ、あと、消耗品は割り勘ってことで」

三人は、迷宮に入っていった。

6

半日が過ぎてもパジャは帰らず、ローガンがいやな予感を募らせていたころ、ギル・リンクスが訪ねてきた。

大魔法使いギル・リンクス。

辺境の孤島に生まれ、数々の冒険で名を上げ、ついにはバルデモスト王国の魔法院に招かれ魔法院元老にまで上りつめた男。

悪魔を封印したとか、古竜を使役するとか、天界の反逆者を殲滅《せんめつ》したとか、尾ひれのついた武勇伝が、まことしやかに語られている。

大陸北部に広くその名を知られ、バルデモストのこども向けのおとぎ話では、大魔法使いといえばギルを指す。

そんな伝説級の人物でありながら、少しも驕《おご》るところがない。

思うままに贅沢《ぜいたく》のできる立場であるのに、財や権力にはみむきもせず、世界の平和と人々の幸福のために尽くし続けている。

物静かで思慮深い性格をしており、基本的には研究中心の生活をしているが、事あればどんな困難にも平然と立ち向かう胆力と行動力の持ち主である。

ローガンにとっては、若き日に冒険を共にした盟友であり、冒険者としての心得を一から教えてくれた良き先輩でもある。

なぜかギルはバルデモストの王に厚く信頼されている。

それもあって、ギルドの顧問に就いてもらっている。

「ギル、久しぶりだな」

「うむ。王宮からの依頼で、マズルーの魔道研究所の手伝いに行っておったのじゃ。帰国報告に参内したが、王が夕食をしながら話を聞きたいということなのでな。いったんこちらにあいさつに来たのじゃ。おぬしも元気そうで何より、と言いたいが、何か心配事かの？」

「顔に出とったか。いや、実はな」

事の次第を説明した。

「シャルリアというのは、アイゼルの縁者であったかの？」

「娘だ。ああ、そうか。アイゼルはあんたの弟子だったか」

「そうじゃ。ふむ。では、一度、十階層に下りてみるわい」

そう言うと、ギルは消えた。

瞬間移動の魔法である。

適性の問題で、習得できる魔法使いは少ない。

たいていの場合、この魔法を使う魔法使いは、他の魔法がほぼ習得できない。このギルドでは、瞬間移動の魔法で冒険者たちを送り迎えする専門の魔法使いを二人雇っているが、いずれも戦闘力は皆無である。

ところがギルは、強大な攻撃魔法と、パーティー戦で役立つ付与魔法に加え、多層範囲探知や瞬間移動、各種の高等補助魔法も使いこなす。範囲瞬間全回復魔法さえ習得しているらしい。

（まさに大魔法使いだな）

（それにしても、相変わらず身軽だわい）

ギルが消えたとき、ローガンの胸のつかえも消えていた。

だが、その安心は、ほんの短い時間しか続かなかった。

お茶一杯を飲む時間もなくギルが帰還し、三人の冒険者メダルをローガンに差し出したのである。

パジャと、シャルリアと、レイストランドの冒険者メダルを。

7

「十階層のボス部屋に、三人のメダルとアイテムが残されておった。ミノタウロスはおらなんだ」

どう考えても、三人は死んだとみるべきである。

しかし、ではミノタウロスはどこに行ったのか。三人と相打ちになったのだろうか。それならば時間がたてば再び現れるはずだ。

「アイゼルは、今この街におるのか？」

ザックから三人の遺品を出しながら、ギルは聞いた。

「さあ、どうかな。今、調べさせる」

事務員に調べさせたところ、依頼を受けてパダネル湿原に行っているということがわかった。帰還は何週間か先になるらしい。

「わしはそろそろ王宮に行かねばならん。この件には慎重に対応するのがよかろうの」

「わかった。ありがとう」

「うむ。ではの」

8

ギルが去ったあと、ローガンは物思いに沈んだ。

（とにかく情報だ。情報がいる）

（調査依頼を出そう）

そんなことを考えていると、事務長が入ってきた。

「ギルド長、九階層でのミノタウロス目撃情報があります」

「なにっ」

「若手の冒険者五人組です。今、一階に来ています」

「会ってみよう」

一階に下りてみると、目撃者というのは顔みしりの若者たちだった。

全員今年冒険者となったばかりだが、バランスもよくチームワークも高いチームである。覇気と向上心を持ち合わせており、ローガンは密《ひそ》かに将来を楽しみにしている。

五人は、せっかく重要な情報を提供したのに、まともに取り合ってもらえないのでふてくされていた。だが、ギルド長自らが興味を示して話を聞いたので、すっかり機嫌を直した。

わかったことは、五人を簡単に殲滅できたはずなのに、ミノタウロスが攻撃を仕掛けなかったということである。

(それにしても、九階層だと?)

何かの間違いではといいたいところであるが、この五人がそろって勘違いしているとは考えにくい。記憶も話しぶりもしっかりしている。

とすれば、このミノタウロスは明らかに異常である。階層を越えて移動するモンスターなど、あり得ない。

そもそも、迷宮のモンスターは、上の階層も下の階層も認識できない。移動できるという発想もないし、実際にもできない。

人間にとっての天界や冥界のようなものなのだろうか。

階段自体みることはできず、目の前で冒険者が階段に移動すると、消えたように思うという。無理に移動させようとしても、階段に踏み込んだモンスターは死んでしまう。

実は、迷宮の階段というものは基本的には人間にもみえないのである。

一階層には誰でも入れるが、二階層はみえない。騎士や冒険者などの恩寵職を得たときはじめて、階段をみることも足を踏み入れることもできるようになる。

(もしも、モンスターが階層を越えて移動できるようになったとすれば)

(それじゃ、まるでモンスターの冒険者じゃないか)

第4話　剣士との死闘

1

　パーシヴァルは深層での戦いを終え、地上目指して帰還の途次にあった。

　帰還といっても、強力なモンスターの徘徊《はいかい》する回廊をいくつも抜けてくるのだから気は抜けない。それがまたパーシヴァルにとっては修行になるのだ。

　四十九階層までたどり着いたパーシヴァルは、食事を取り、休憩をした。

（今回の探索は有意義であった）

（九十六階層まで到達できたし）

（巨大な敵と戦う際のエンデの盾の使い方にも）

（より習熟することができた）

　メルクリウス家には、五つの秘宝が伝わっている。

　魔法を任意に消去する〈アレストラの腕輪〉

状態異常や毒から身を守る〈カルダンの短剣〉
攻撃魔法を撃てる〈ライカの指輪〉
物理攻撃を相手に反射する〈エンデの盾〉
魔力吸収と隠形の力を与えてくれる〈ボルトンの護符〉
パーシヴァルは、階層によって秘宝を使い分け、秘宝を使った戦い方を工夫している。
実際のところ、五つの秘宝の力を完全に解放すれば、すぐにでも百階層にたどり着くことは可能だろう。
だが、それでは百階層のボスであり迷宮のぬしであるメタルドラゴンには勝てない。
それどころか、百階層の回遊モンスターであるバジリスクとヒュドラにも勝つことはむずかしい。
だからパーシヴァルは、じわじわとおのれの地力を高めつつ、秘宝の使い方を研究しているのだ。
いずれ百階層に行く。
そしてメタルドラゴンを討伐する。
誰にも邪魔されずに、一人で心ゆくまで戦って。
それはなんと心躍る目標であることか。

もしもパーティーを組んでいたら、とうにその目標は果たせていただろう。

ともに迷宮を探索する仲間をみつけようとしたことがないわけではない。

だが、だめだった。

なるほど強力な魔法使いはいた。熟練の癒やし手もいた。感心するほど器用に戦う者もいた。

けれども彼らとの戦いは美しくなかった。

勝ちさえすればどんな戦い方をしてもいい、とはパーシヴァルは思わない。

磨き抜かれ研ぎ澄まされた戦いこそが、パーシヴァルの求めるものだ。

その目的意識を共有する仲間をみつけることはできなかった。だから今もパーシヴァルは一人だ。そのことに不満はない。

休憩を終えたパーシヴァルは、身に着けていたアレストラの腕輪とカルダンの短剣を、〈ザック〉に収納した。そして、履いていたブーツを脱いで、〈愚者のブーツ〉に履き替えた。

愚者のブーツはカースド・アイテムの一種で、装着すると身体能力が著しく落ちる。それをパーシヴァルは訓練用に使っていた。

ここから上の階層では、モンスターはパーシヴァルを襲わない。迷宮のモンスターというのは、自分より圧倒的に格上の相手は襲わず、逃げるのである。

下層での連戦で体は疲れきっているが、幸いこれといった外傷はない。だから赤ポーションを飲まずに迷宮を出ることができる。

赤ポーションを飲めば怪我《けが》は治り疲労も取れる。だが、自然治癒や自然回復にまかせたほうが、成長度は高い。

愚者のブーツを履いてここからの四十九階層を駆け上ることで、体に徹底的な負荷をかけるつもりだ。

愛剣をしまって、無造作に取り出した剣を腰につけた。とうてい業物とはいえないなまくらな剣だが、それでかまわない。ここからは戦闘は発生しないのだから。腰に剣を吊《つ》らずに走っても戦闘の鍛錬とはいえないから吊るだけのことである。

迷宮を出て妻と子に会う。その瞬間こそ、パーシヴァルが生きていることの喜びを真に実感できる瞬間である。

重い体に鞭打《むちう》って、パーシヴァルは走りはじめた。

2

階段から八階層に踏み入ったミノタウロスは、何かが自分めがけて飛んでくるのを察知した。とっさに右手の斧《おの》でその何かを防ごうとしたが、まにあわなかった。

飛んできたものはナイフだった。ナイフはミノタウロスの腹にわずかに刺さったが、たくましい筋肉を深く貫くことはできず、地に落ちてからんと音を立てた。

「ギ、ギイ」

憎々しげにこちらをにらみつけているのは、ミノタウロスの半分ほどしか身の丈のない、毛むくじゃらのモンスターである。人間はこのモンスターをゴブリンと呼ぶ。

ナイフを投げたゴブリンの両脇から、二匹のゴブリンがミノタウロスに駆け寄ってきた。一匹は棍棒《こんぼう》を、一匹は剣を持っている。

その接近速度は、灰色狼《おおかみ》から比べればずっと遅い。たどたどしい足運びといってもいい。

ミノタウロスは、右側のゴブリンの剣の攻撃を右手の手斧《ちょうな》で受け、左側のゴブリンの棍棒の攻撃を左手の手斧で受けようとした。

ところが左側のゴブリンは、ひょいと身をひねって右手の斧を棍棒でたたいた。それに気を取られた瞬間、右側のゴブリンが突き出した剣の先がミノタウロスの下腹部を襲った。

だが、ミノタウロスは素早く体を引いた。だからゴブリンが突き出した剣の先は、ごく浅く突き刺さっただけだった。

ミノタウロスは不快げな唸《うな》り声を上げた。実際、不快だった。

それは、自分の体に傷をつけた、この奇妙な生き物への怒りでもあったが、こんな緩慢な攻撃をかわしそこねた自分への怒りでもある。

怒りはこの怪物の本質的な力を呼び覚まし、増幅する。

すさまじい勢いで右の斧が振り上げられ、振り下ろされた。ゴブリンは、脳天から胸までを断ち割られ、後ろに吹き飛んだ。

目にもとまらぬ速度で左の斧が水平に振られた。ゴブリンの首が飛んだ。

ナイフを投げたゴブリンが逃げ出そうと背中を向けたが、ミノタウロスはその巨体からは信じられないような速度で駆け寄り、小さなモンスターの背中を蹴り飛ばした。前方にはじけ飛んだゴブリンは、岩壁にぶち当たり、脳漿《のうしょう》と体液を飛び散らせた。

ミノタウロスの怒りは収まらない。怒りにまかせて歩き回り、みつけたゴブリンを血祭りにあげていった。

ゴブリンは、常に二匹か三匹で行動していた。稚拙ではあるが連係攻撃もしてくる。その攻撃はミノタウロスにとってまったく脅威ではないが、オークの単調な攻撃に比べると妙に変則的で、敵の攻撃を読むことの大事さをミノタウロスに教えた。

ドロップは銅貨か貧相な武器だが、何度目かの戦いのあと、赤ポーションが落ちた。ミノタウロスは、それまでと同じようにドロップ品に目もくれず歩き去ろうとして、ふと歩みをとめた。

脳裏を、ある場面がよぎった。

この赤いものを飲み込んでいた人間がいた。

あの人間は傷つき弱っていたが、この赤いものを飲むと、戦いの力を取り戻していた。

ミノタウロスは身をかがめて赤ポーションを拾うと、左肩の上のみえない収納庫にしまった。

ボス部屋をみつけてなかに入ったが、何もいなかった。実は少し前、この階層のボスは冒険者たちに倒されてしまっていたのだ。

二度ほど人間をみかけたが、こちらをみるなり逃げ去ったので、追わなかった。

戦おうとしない者を追ってもしかたがない。

歩いているうちに上層に続く階段をみつけた。

別の階層に行けば別の敵がいる。

そのことにミノタウロスは気づいていた。

飢えは治まらない。どうすれば治まるのかわからなかった。

3

「今度は八階層だと?」

ローガンのもとに目撃情報が寄せられた。いまやミノタウロスに関する情報にギルド長が関心を寄せているということは、ギルド職員全員が知っている。だからこの情報も、すぐに伝えられた。

「そうか。そいつらはミノタウロスをみて、すぐ地上に逃げ帰ってきたのか」

ミノタウロスは単独だったという。操っている者が近くにいたようすはない。

そしてミノタウロスのほうからは攻撃してこなかったという。

「ふむ？　どういうことだ」

ローガンは、パジャとシャルリアとレイストランドが残したアイテムも調べた。

ポーションの残数が少ないことから、長時間にわたって激しい戦闘が行われたのではないかと推測できたが、それ以上のことはわからない。

「あの三人が、ミノタウロス相手にてこずるというようなことがあるのか？　まして全滅などということが」

そのミノタウロスがたまたま強力な個体であったとしても、あの三人であれば足止めしておいて逃げるぐらいのことはできる。最悪の場合、一人か二人の犠牲が出ても、誰かは生還できる。

百歩譲って、何かのトラブルがあって全滅したとしても、パジャが何の情報も残さず死ぬというのは、いったいどういうことなのか。

あの三人が戦ったのは、本当にミノタウロスだったのか。

ローガンは事態をうまく呑み込むことができずにいた。

4

七階層に移動したミノタウロスは、くんくんと匂いを嗅いでいた。

どうも奇妙な感じがする。その奇妙な感じはどこからくるのか。

これだ。

回廊の壁際にある岩。この岩から奇妙な感じがする。

ミノタウロスは、じっと岩をみつめた。

やはり奇妙だ。この岩から奇妙な気配がただよってくる。

ミノタウロスは右手に持った手斧を大きく振り上げて、奇妙な岩に振り下ろした。

岩は砕け散って、ぐしゃりとつぶれた。

ロック・スライムである。

岩に擬態しているときは硬く、この階層が適正レベルである冒険者には歯がたたない。擬態を解いてゼリー状になったときに、はじめて攻撃が通る。だがミノタウロスの持つ圧倒的な破壊力の前には、さすがのロック・スライムの防御力も、まったく役に立たなかった。

赤ポーションが残った。

ミノタウロスはそれを拾い上げ、ひょいと左肩の上の何もない空間に放り込んだ。

そうして回廊を歩きながら、四、五体のロック・スライムをたたきつぶしたあと、前方の曲がり角の向こう側に、気配を感じた。

人間だ。一人ではなく、三人ほどいる。

ミノタウロスは身構えた。

5

ネスコーはレベル二十五のアーチャーだ。剣士のロンド、付与魔術師のハルバラとパーティーを組んでいる。今日は二十八階層を探索するつもりで、下層に向かって移動しているところである。

（何かいる！）

立ち止まり、後ろの二人にも身ぶりで停止を指示した。

ネスコーは〈気配察知〉のスキル持ちなので、迷宮探索では先頭を進む。接敵したら後ろに下がる。

気配察知で感じた気配は、この階層で出会うようなモンスターのものではない。そろりそろりと足を進め、曲がり角の向こう側をのぞきみた。

ミノタウロスがいた。

あり得べかざるものをみて、一瞬ネスコーは茫然自失《ぼうぜんじしつ》となった。次の瞬間、恐怖にとらわれた。

(あのミノタウロス、こっちに気がついてる!)

ミノタウロスの姿をした奇妙な怪物が現れたという噂《うわさ》は聞いていた。だが本気にはしていなかった。それだけに、遭遇してみて恐慌におちいった。

ぎらりと怪物の目が光った気がした。

ネスコーは、背に負った矢筒から〈ヴンカーの矢〉を取り出すと弓につがえ、曲がり角から飛び出した。

怪物が走り寄ってくる。

恐怖を必死で押さえつけ、ネスコーは腹部を狙って矢を放った。

ヴンカーの矢は怪物に命中し、爆発した。

「逃げろ!　引き返すんだ!」

ネスコーはもと来た方向に走り去った。ロンドとハルバラもそのあとを追った。

6

三人の人間に強者の気配は感じなかった。

だが人間が構えた武器にはよくないものを感じた。

だから武器を構えた人間を殺すために走り寄った。

人間が放ったものをかわすことはできた。ミノタウロスの反射速度は、ボス部屋で三人の冒険者と戦ったときより、はるかに向上している。

だがかわさずに、右の手斧で受けた。

飛んできたものが斧にぶつかると、爆発した。

ヴンカーの矢は、爆発半径は小さいが、威力は高い。

ミノタウロスの右手の指ははじけ飛び、斧も飛ばされた。

一瞬立ち止まり、落とした斧を拾おうとして、指を吹き飛ばされた右手では拾えないことに気づいた。それから人間を追おうとしたが、すでに次の曲がり角の向こう側に走り去っていた。

ミノタウロスは、ぐしゃぐしゃにつぶれた自分の右手をみた。これではよい戦いができない。

ふと思いついて、左手の斧を地に置き、左手を左肩の上に差し入れた。

指がつまみだしたものは赤ポーションである。

ミノタウロスは赤ポーションを口に放り込み、ごくりと飲み込んだ。

たちまちに右手の指が修復されてゆく。

もう一つ赤ポーションを飲むと、再生速度は加速した。

この場面を人間の冒険者がみたら驚愕《きょうがく》したことだろう。

ポーションというものは人間にしか効かないのである。

動物や魔獣にポーションを飲ませても、何の効果もない。それは誰でも知っていることだ。

ところが今、赤ポーションはミノタウロスを癒やした。

ボーラ神の祝福によって冒険者となったミノタウロスは、ポーションの恩恵を受けることが可能なのだ。

それにしても、人間は奇妙な道具を使う。

そのことをミノタウロスは思い知った。

その人間は弱者であっても、使う道具が強者を倒すほどの威力を発揮することがある。

油断してはならない。

7

七階層のモンスターは、レッド・バットである。

ほとんど音も立てずひらひらと飛ぶこの小さなモンスターに、ミノタウロスはなかなか攻撃を当てることができなかった。

だがしばらく奮闘しているうちに、大振りの攻撃ではなく、肘から先の小さな動きで手斧を振ると、うまく当てることができるようになっていった。

攻撃さえ当たれば、このモンスターは簡単に死ぬ。

直撃でなくても、かすっただけでも死ぬ。

逆に相手の攻撃は、爪も牙も鳴き声も、まったくミノタウロスにダメージを与えることができない。

レッド・バットは、多くの場合、二枚か三枚の銅貨を落とす。

まれに赤ポーションを落とす。

拾った赤ポーションをミノタウロスは口に運んだ。

疲れがすっかり取れ、小さな傷も消えた。

そろそろ次の階層に移ろうかと考えていたとき、その敵と出会った。

8

十階層、九階層、八階層、七階層を、パーシヴァルは軽快に走り抜けた。愚者のブーツを履いてこの速度で走れるのは驚異的である。

(おや?)

六階層に上ったとき、妙なものが〈マップ〉に映ったのに気づいた。

〈マップ〉は冒険者が授かる技能の一つで、迷宮のなかで足を運んだ部分が脳裏に地図として浮かぶ。スキルレベルがあがると、その階層にいるモンスターや人間がマップ上に表示される。

〈ザック〉のなかにしまっているカルダンの短剣は、さらに優れた機能を持っている。身に着けているだけで、未踏破の階層でも精密な地図が得られ、モンスターや人間の配置がわかるのだ。

レッド・バットしかいないはずのこの階層に、少し強力なモンスターがいる。五階層への階段の近くだ。

少し興味を引かれたが、早く迷宮を出たいという気持ちが強かったので、無視して通り過ぎることにした。そのモンスターの進路と一瞬だけ交差するだろうが、相手がこちらに気づいたときにはは、もう階段に飛び込んでいるだろう。

だが、五階層への階段にさしかかろうとしたそのとき、背中に殺気を感じ、抜剣しつつ反転して身構えた。

（ミノタウロス？）

なぜ十階層のボスモンスターがこんな所にいるのか。

非常識なことが起きている。だがもともと迷宮というのは非常識な場所だ。

深くは考えず、右手に構えた剣を敵に向けて攻撃を開始した。

このとき、〈ザック〉のなかにしまった愛剣を取り出そうとは思わなかった。取り出す必要を感じなかったのだ。

一撃で勝負は決まる、と思っていた。

だが、怪物の心臓を断ち斬るはずの攻撃は、胸を深く斬り裂くにとどまった。

（ほう？）

この怪物は、ぎりぎりのところで致命的な攻撃をかわしてのけたのだ。

パーシヴァルの端整な顔にはかすかな笑みも浮かばなかったが、目の光は輝きを増した。

（少しだけ楽しい戦いができそうだ）

パーシヴァルの脳裏からは、自分が疲れ果てているということなど消え去っていた。

9

風のように走り階段を上がろうとしたその人間をみたとき、思わず怒りが湧いた。

自分を無視するな、という怒りである。

その怒りは殺気となり、相手に突き刺さった。

すると相手は、いきなり身をひるがえして斬りかかってきた。

その攻撃はあまりに速く、かわすこともできない。かろうじてわずかに身を引いたが、胸を深く斬られ、血が噴き出す。痛みとともに、怒りと喜びがミノタウロスの脳を満たした。

今まで出会ったどの相手よりも強い。段ちがいの強さだ。

剣はやっと長剣といえる長さで、驚くほど細身だった。怜悧《れいり》な輝きを放っている。

一瞬、ミノタウロスは、恐れに似た感情を抱いた。

それはこの怪物が生まれてはじめて味わう感情だった。

その感情は、ただちに怒りにとって変わった。

すさまじい闘気を噴き上げながら、ミノタウロスは剣士に襲いかかった。

ずっと苦しんできた飢えを、この瞬間には忘れ去っていた。

10

意外にも、すぐには勝負はつかなかった。パーシヴァルは過去に一度ミノタウロスと戦ったことがある。その記憶が邪魔をした。

腕を斬り落とすはずの斬撃は強靱《きょうじん》な筋肉にはじかれ、浅く腕を傷つけるにとどまった。

予想以上に素早く振られる手斧に、何度も攻撃を妨げられた。

〈ザック〉のなかの恩寵《おんちょう》品を一つでも取り出して身につけられれば、ただちに勝負は終わるだろう。だがこの怪物は存外俊敏で目端が利く。そんなことをする余裕を与えてはくれないだろう。

となると、この長剣に可能な範囲で攻撃を組み立てるしかない。

それはそれで楽しい挑戦だ。

だが、斬りつけても斬りつけても怪物は闘志を失わない。むしろ一層激しい戦いの炎を燃え上がらせてくる。

(あせってはならぬ)

(わざだ)

(今こそ磨き抜いたわざで戦うのだ)

剣尖《けんせん》は迷いなく虚空に円弧を描く。縦に横に、小さく大きく。
段々と怪物は反撃の余地を失って、壁際に追い詰められてゆく。
もう少しだ、と思ったとき、がくんと膝が砕けた。
（いかん！）
さしもの超人的な肉体も、限界を超え悲鳴を上げている。
パーシヴァルは小刻みな斬撃を素早く連続的に繰り出した。
怪物が半歩下がる。
呼吸を合わせてパーシヴァルも後ろに跳びすさった。
そして左手を腰の小物入れに伸ばす。
赤ポーションを取り出すためだ。

11

細剣をふるう、その剣士の姿は美しかった。
あざやかな剣さばきに翻弄《ほんろう》され、ミノタウロスは体中の至る所を切り刻まれたが、急所だけは守りきって持久戦に持ち込んだ。

すると相手は変化に富んだ連続攻撃を繰り出してきた。

反撃はむずかしくなり、徐々に後ろに追い詰められてゆく。

これ以上追い込まれてはならない。

そう思ったとき、剣士は一瞬体勢を崩し、それから急に手数を増やして踏み込んできた。

ミノタウロスは、半歩下がって体勢を整える。

剣士は、素早く後ろに跳んで距離をとり、左手を腰の小物入れに伸ばす。

ミノタウロスは、両手の斧で地面の岩つぶをはじき飛ばしながら、細剣使いに接近した。

細剣使いは、剣で三個の飛礫《つぶて》を斬り飛ばし、左手で二個の飛礫をさばいた。

その他の飛礫は体にかすらせもしない。

だがそのとき、左手でつかもうとしていた何かが小物入れから飛び出して地に落ちた。

赤ポーションである。

こいつは疲れている、とミノタウロスは思った。

それは判断とか分析ではない。嗅ぎ取ったのである。

ミノタウロスは、休みを与えないという戦術を選んだ。

剣士が飛礫をさばくあいだに、ミノタウロスは斧の間合いぎりぎりの位置まで接近した。

その間合いを保ち抜くつもりである。

斧と腕を合わせた長さは、剣士の剣と腕を合わせた長さより、少しまさっている。

この間合いを保って両手の斧を振り回し続ければ、剣士は防御に追われ、攻撃はしにくい。

剣士は何度も距離を稼ごうとしたが、そのたびに、ミノタウロスは無理をしてでも阻止した。

一度など、深く踏み込んできた剣をわざと脇腹で受けてタイミングを狂わせることもした。

思惑が狂って苦しいはずなのに、剣士の無表情な顔にわずかな笑みが浮かんだようにみえた。

そのあと剣士は戦術を変えた。

距離を取ることも赤ポーションを使うことも諦めたのか、ミノタウロスが要求する間合いにあえて応じ、喉と心臓を狙ってきたのだ。

すさまじい勢いの剣戟《けんげき》が続く。

ミノタウロスは、顔を切り刻まれても、のけぞることはしない。

のけぞってしまえば、腕が伸びきり、斧の扱いにゆるみがでるからである。

胸は血だらけだが、決して後ろには下がらない。

この距離を保つ限り、どれほど表面の皮や肉を削り取られようと、厚い胸板の奥にある心臓には届かない。

ミノタウロスは、もはや全身血まみれだ。

ミノタウロスの胸から噴き出る血を浴び、剣士も真っ赤にそまっている。

目にも血が飛び込んでいるが、剣士は一瞬たりとも目を閉じることはしない。

これほど長い時間、ミノタウロスの間合いで戦いながら、ただの一度も斧を身に受けていない。

こいつは、たいしたやつだ。

ミノタウロスが剣士に感じた思いは、人の言葉でいえば尊敬に近かったろうか。

とはいえ人間の体力には限りがある。

ひときわ激しい連続攻撃で、斧を持つミノタウロスの両腕をずたずたにしたあと、一瞬、息苦しげに剣士の動作がゆるんだ。

次の瞬間、右手の斧が剣士の肩口に食い込んだ。

剣士が大きくよろける。

目は力を失っていないが、目の周りが黒ずんできている。

ミノタウロスが息を詰めて連続攻撃をすると、珍しくまともに細剣を斧に打ち合わせて、攻撃をはじいてきた。

かわしたり、そらせたりするだけの余裕がないのであろう。

そのまま押し込まれて、剣士は転倒した。

左斧が、剣士の左足をすねの上の部分で断ち切った。

ミノタウロスは、さらに一歩踏み込んで胴体に右斧を打ち込もうとした。

すると、神速の剣が、ミノタウロスの左足を大きく薙《な》ぎ、そのまま円を描きつつ、なおも速度を上げて、足をかばって体勢を崩しかけたミノタウロスの首を刈った。

危うく首をひねって致命傷をまぬがれたが、首から血潮が噴き出る。

その血潮は、そのまま剣士の下半身に降りそそぐ。

もはや、ミノタウロスの血と、剣士の血は混ざり合って区別もつかない。

首をひねったため大きく体勢を崩したミノタウロスは、剣士の体の上に倒れかかる。

細剣がくるりと反転して、血を噴く首筋に迫るのがわかる。

ミノタウロスは、剣士の体に身を寄せつつ、左肘で剣士の右手を押さえ込んだ。

細剣は、側頭部を浅く斬り裂くにとどまった。

ふとみると、剣士の左手に、ポーションが握られている。

先ほど落としたポーションである。

いつのまに。

油断もすきもないやつだ。

ミノタウロスは、右手で剣士の左手を払った。

ポーションは、剣士の手を飛び出し、岩壁に当たってつぶれて散った。

ミノタウロスは、素早く右手で斧を握り直し、背中に回す。

キュイン！

と、剣が斧にはじかれて鳴った。

剣士が剣を引き戻す。

ミノタウロスは左手の肘で剣士の胸を強く押し、その反動で起き上がる。

喉首のすぐ前を剣尖が通り過ぎる。

剣士は身を起こそうともしない。

もうそれだけの体力がないのであろう。

両目を閉じて細剣を体の上に横たえている。

ミノタウロスは、頭の側に回り込もうとする。

音も立てず、光の軌跡だけをみせて細剣がふるわれた。

まるでスローモーションのようだった。

細剣が、きれいな円を描いた。

ミノタウロスの右足首が、なかばまで切り裂かれた。

細剣はとみれば、いつのまにか剣士の胸の上に戻っている。

赤黒くそまった岩場と、モンスターと、人間と。

そのなかで、細剣だけが、血にまみれつつ血のりをはじいて、銀色の美しい光を放っている。

剣士は眠っているようにみえるが、不用意に間合いに踏み込めば、ただちに斬り裂かれてしまうだろう。

満月のように美しいあの円弧は、この剣士の絶対制空圏なのである。

ミノタウロスは迷った。

このまま待てば、やがてこいつは死ぬ。

赤ポーションの使用さえ許さねばよい。

待つべきだろうか。

だが、次の瞬間、自分の愚かしさに笑いがこみ上げる。

ばかか、俺は。

俺が求めるものは、勝利ではない。

俺が求めるものは、戦いだ。

俺が求めるものは、より強い俺だ。

今ここに、死に瀕《ひん》してさえも俺を圧倒する、すばらしい敵がいる。

死ぬな。

少しでも長く俺を苦しめてくれ。

ミノタウロスは、剣の間合いに注意しながら、剣士の頭の側に回り込んだ。

体中から血が流れ出し、ずきずきする。

ミノタウロス自身の体力も、そうはもたない。

だが、頭や心臓を狙うのはむだだ。

剣だ。

やつの剣が生きている限り、やつを倒すことはできない。

やつの剣は、やつの命そのものだ。

ミノタウロスは、慎重に剣筋を予想しながら、相手の間合いに踏み込んだ。

キュイン！！！

剣士の攻撃は正確に敵の足を薙いだ。

だがその軌道にミノタウロスの斧が差し出された。

細剣が斧に食い込む。

素早く細剣が引かれようとするその刹那、ミノタウロスは渾身《こんしん》の力で斧をねじり上げる。

パッキイィィィィィィン！

細剣は、折れた。

剣士は薄目をあけて、顔の前に掲げた剣の残骸をみつめた。

ミノタウロスは、斧を剣士の心臓に打ち込んだ。

剣士の体が一瞬跳ね上がり、口から血があふれ出た。

剣士がミノタウロスをみた。

そのまなざしには、怒りも、恐怖も、憎しみもなかった。

ミノタウロスは、剣士の目をみつめ返しながら、首を刎《は》ねた。

ミノタウロスの体は変化を始めた。

レベルアップである。

すべての傷は消え去った。

そして怪物は恐るべき力を手に入れた。

そのときミノタウロスは、やつにつけられた傷がすぐに消えてしまうのは惜しいな、と思った。

剣とはこれほどまでに変幻自在なものなのか。

見事な敵であり、満足のいく勝利だった。

剣士が消えたあと、大量のアイテムがそこに残された。

剣士も、みえない収納庫を持っていたのだろう。

ミノタウロスは、深い充足感を味わいながら、アイテムのなかから腕輪と短剣を拾って左肩の上のみえない収納庫にしまった。

実はこの腕輪と短剣には、人間の魔法使いが最上位の所有印を刻んでいた。だから人間の常識からすれば、正当な所有者以外が〈ザック〉に入れることなどできるわけがない。これは、あり得ない光景なのである。

赤ポーションがどっさりと落ちていたので、ざっくりと拾い、これもみえない収納庫にしまった。

傷は癒やされたものの、全身が、そして心が、ひどく疲れていた。

頭ももやがかかったようである。

ミノタウロスは、十階層の大部屋に戻った。

水を飲んで、眠った。泥になったように。

目が覚めると、湖の水を飲んだ。

心身の充実が実感される。

以前とは比べものにならないほど戦闘力は上がっている。

さらに劇的な上昇を遂げたのは知力である。

もともとモンスターの知力は低い。ミノタウロスは、そのなかでも特に知力が低い。

それが、レベルアップにより知力が上昇し、情報認識、理解、分析、記憶、総合処理などの能力が跳ね上がった。思考は冴《さ》え、生まれ落ちてからこれまでの出来事をつぶさに思い起こすことができる。

剣士との戦いを振り返り、勝てるはずのない戦いに勝ったのだと、あらためて理解した。そして、場面場面で相手が取り得た行動、こちらが取り得た行動を、頭のなかで幾度も繰り返して検証した。

すさまじい敵だった。

驚くべきわざだった。

ミノタウロスの脳裏には、剣士が虚空に描いた美しい円弧が焼き付いていた。

やがてミノタウロスは部屋を出た。

二匹の狼がいた。

飛びかかってくるところに斧を合わせて、ほとんど力も使わず一瞬のうちに二匹を倒した。こんな相手に以前は多少とも苦戦したなど、信じられないほどである。

ミノタウロスは、再び階段を上りはじめた。

このまま上に向かっても、もう強いモンスターはいないだろうが、行ける所まで行ってみようと思った。

あの剣士は上を目指して走っていた。

あの剣士の目指していた場所はどんな所なのか。

それをみてみたいと、この怪物は思ったのだ。

第5話　冒険者ギルド長の回想

1

結局、新たなパーティーを派遣できないまま夜を迎えたローガンは、翌朝になってギルドに出勤すると、ミノタウロスに関して手を打とうとした。

ところがこの日は用務が立て込んで、それをこなしているうちに時間が過ぎ、夕刻となってしまった。

日帰りで浅い階層を探索していた冒険者たちが帰還し、報告が上がってくる。

今日は六階層でミノタウロスが目撃されている。人間との戦闘は発生していない。ミノタウロスがモンスターを倒していたという目撃情報はあったが。

ここ数日で、ミノタウロスの噂《うわさ》もだいぶ広まったようだ。ただし、こちらから攻撃しない限りは襲ってこないということで、この異常な出来事を深刻にとらえている者は少ないようだ。

次の日の朝、衝撃的な知らせがローガンのもとに届けられる。

死亡ドロップと思われる冒険者メダルとアイテムが受付に持ち込まれ、鑑定により、メダルの持ち主はパーシヴァル・メルクリウスと判定されたというのである。

2

ローガンは、一階に下りて受付に行った。

受付前の床に、天剣の死亡ドロップらしい品々が無造作に積み上げられている。とんでもない量だ。

ちらとみただけで、めまいのするほど希少なアイテムもあるのがわかる。

その周りを取り巻くように、二十人ほどの若い冒険者が立っている。

「あ、ギルド長。この冒険者メダルです。あのかたのものに間違いありません」

「こいつらが拾ったのか？」

「はい」

「リーダーは？」

「こちらのモランさんです」

ギルド長はモランをみた。たしかＤクラスのスカウトだ。

「リーダーってわけじゃねえ。俺がみつけたんだ。だけど持ちきれなかった。どういうわけか〈ザック〉に入らねえアイテムもあったし。だから通りがかった冒険者に手伝いを頼んだんだ」

「そうか。モラン。悪いが少しだけ待ってくれ。おい。このメダルをわしの前でもう一度鑑定してくれ」

目の前で鑑定させたが、やはりパーシヴァルのメダルに間違いなかった。

（それにしても、レベル九十八か）

（相当高いだろうとは思っていたが）

（まさかこれほどとはなあ）

迷宮で冒険者が死ねば、メダルとアイテムが残る。

メダルとアイテムを拾った者は、ギルドに届け出ることが義務づけられている。

拾ってから一ヵ月たっても所有者本人が現れなければ、拾ったアイテムの半分は拾った人間のものとなり、もう半分はギルドのものになる。

所有者の遺族から願い出があった場合は優先的に買い戻しの権利が与えられるが、冒険者の遺族が金銭に余裕があることは、まれである。買い戻すとしても、ごく安価な物を形見として引き取るのが精一杯ということがほとんどであり、優良なアイテムが買い戻されることはあまりない。

ギルドの取り分を金銭で納めるか物納するかは拾得者に決定権があり、物納の場合でもアイテム選択の優先権は拾得者にある。

高価なアイテムには魔法による所有印が刻まれるのが普通であり、横領も横流しも調べられれば判然とする。

届け出さえすれば、まず間違いなく欲しいアイテムは合法的に手に入れられるのであるから、希少なアイテムほどちゃんと届けられるものなのである。

それにしても、ずいぶん量が多い。

レベルが上がるほどに、〈ザック〉の容量は増える。

この量は、尋常な冒険者ではとても収納しきれない量だ。

(やはり、死んだのか、天剣は)

ローガンは、モランと他の冒険者から、メダルとアイテム発見の状況についてくわしく話を聞いた。

第一発見者がモランであるということに異議を唱える者はなかった。他の者は、一人金貨十枚の報酬を約束されて、アイテムの運搬を引き受けたのだ。

(金貨十枚か)

数えてみたら、モラン以外の冒険者は十八人いた。つまり金貨百八十枚という大金を支払うことを約束したわけだ。

本当にすぐれた品は、みかけが派手でないことが多い。たぶんこの若者たちは、このアイテムの数々が宝の山だと気づいていない。

モランは、早く鑑定をしてくれとせっついていた。無理もないことだ。本当に金貨百八十枚が支払えるのかどうか、気が気でないのであろう。だが鑑定と査定の結果を聞いたら、この若者たちは卒倒するかもしれない。

受付の係員に、取得者の権利について説明し規定通りに手続きを進めるよう指示をした。

また、アイテム鑑定の結果が出たら一覧表の写しを提出するよう命じた。

ギルド長の部屋に戻るべく階段に向かったが、その足は重かった。

急に老人になったように感じた。

（六階層だと？）

（あり得ん）

天剣が六階層を通ったこと自体は不思議ではない。

そもそも天剣は一度も転送サービスを使ったことがない。迷宮の深層まで走って下り、走って上ってくるのである。

しかし、天剣ほどの冒険者を倒せるモンスターが六階層にいるなど、あり得ない。

迷宮は何が起こるかわからない場所である。

迷宮深層では、天剣といえど単独では危険だ。

最下層のメタルドラゴンには、一対一ではさしもの天剣も敵《かな》わないだろう。

（だが、六階層だと？）

（ちがう）

（絶対にちがう）

モンスター相手におくれを取ったとは考えられない。ということは、相手はモンスターではないのだ。モンスター以外の何者かが天剣を殺した。おそらくは卑劣な罠《わな》や、仕掛けを使って。

まともに戦えば、何十人の敵といえど、さばけない剣士ではない。そして迷宮は、軍隊を一度に投入できる場所ではない。そこでは、一人一人のわざと心が生死を決める。権力によって兵員や武器を大量投入して勝てる場所ではないのだ。

（だからこそ天剣は、迷宮を愛したのに）

（そこを唯一のすみかと定め、地上の栄華にも醜い諍《いさか》いにも背を向け）

（ただ冒険者であろうとしたのに）

（そんな天剣を殺しやがった）

（くそっ）

（どこのどいつが、どんな手で天剣をはめやがった？）

3

「ローガン！　いるんじゃろう？」

はっとした。

ギルの声である。どうも何度か呼ばれていたようだ。

「す、すまん、ギル。入ってくれ」

ギル・リンクスが、扉を開けて部屋に入ってくる。

ローガンは、立ち上がってギルをソファーに座らせ、自分もその向かいに座った。

「すまんな、来るのが遅くなって。王のほうでも、いろいろ、わしに用事があってな。話も長くなった。そのあと王宮に泊まり込んで、丸一日かけて、急ぐ用事だけ片づけてきたのじゃ」

しずかな声だった。聞いているうちに、激していたローガンの心も落ち着いてきた。

「そうか。あんたも大変だな。朝食は？」

「すませてきたよ。王と一緒にな。王子たちも同席した」

「たち？」

「うむ。最初は第二王子だけじゃったが、第一王子はお元気かとわしが聞いたら、王が召された」

「へえ！　さすがはギルだ。王妃たちはご陪席かい？」

「第二王妃だけじゃったな。王が、第一王妃は風邪ぎみで今朝は遠慮している、と仰せられた」

「今朝も、だろう。それと、『第二王妃の申すには』ってのが抜けてるぜ」

「ふむ。おぬしの耳には、そのように届いておるのか」

「ちがうっていうのか？」

「それは知らん。ただ、第一王妃も第二王妃も心根は優しいかたじゃと思う。宮廷に、権力とその使い方をめぐって、さまざまな思いや立場があり、軋轢《あつれき》が生まれるのも無理からぬことではあるが、人を決めつけてみるのは、思考の放棄じゃ」

「う。同じようなことを、何十年か前に言われた記憶があるな」

「はは。人からみればあちらがモンスターだが、あちらからみれば人がモンスターだ、という話のことかの」

「それそれ。あんときは、ちょっとショックを受けたなあ。一番悪辣《あくらつ》な盗賊より、人間がモンスターを扱うやり方のほうが非道《ひどう》だって、納得させられたんだからなあ」

「人が思う非道の基準からすれば、の話じゃ。モンスターにとっての幸不幸、正義と非道、善と悪、成功と失敗、獲得と喪失。それが人間と同じであるとは、わしも思わん。けれど、それでいて、人とモンスターとに共通することわりや価値も、どこかにあるとは思うておる」

「あんたは、人間以外とずいぶん付き合いがあるらしいからなあ。というか、あんたは、まだ人間なのか？」

「こりゃ、ひどいな。うむ。これを非道《ひど》いというのじゃ」

二人は一緒に声を上げて笑った。いつのまにか、ローガンの気鬱も怒りも鎮まり、普段通りの明晰《めいせき》な思考力を取り戻していた。

「ところで、一階の受付近くで、殴り合いの喧嘩《けんか》が起きておったが、あれは何じゃ？」

「は？　殴り合いの喧嘩？　いや、聞いてない。今か？」

「何やら、荷物の運搬で、約束した金額では足りないから現物をよこせ、などと言っておったの」

「ああ。なるほどな。よくわかる話だ。あれはもめて当然だ」

「もめて当然とは、ギルド長の珍しい発言を聞くものじゃ」

「そうだ。そのことを聞いてもらわなくちゃならん。実は」

ローガンは事情を説明した。

そのうえで、天剣を罠にはめた卑劣な陰謀をどう暴けばいいのか、ギルに相談した。

「いや。それは順序がちがう」

「何の順序がちがう？」

「よく考えてみよ。事の発端は、妙なふるまいをするミノタウロスが目撃されたことじゃ。そのミノタウロスは確かに実在し、段々と上の階層に上ってきておる。アイゼルの娘たちのパーティーや、パーシヴァル殿の行方不明も、その流れのなかで起きておる」

「それはそうだが」

「アイゼルの娘たちのパーティーも、パーシヴァル殿も、ミノタウロスごときに倒されるとは思えぬが、かといって、今のところミノタウロス以外に探索すべき対象が明らかになったわけではない」

「いや、しかし」

「おぬしの言うように、パーシヴァル殿のことは人間世界の問題かもしれぬ。じゃがその場合、迷宮の外を調べることになる。おぬしの本務はどちらにあるのじゃ」

「う」

「いずれにしても、ミノタウロスが本来の活動場所を離れて移動しているのは異常なことにはちがいなく、放置できぬ。そうではないか？」

ローガンは返事をしなかった。ミノタウロスの奇妙なふるまいなど、パーシヴァルが殺されたことに比べればたいした問題とは思えなかったのだ。

「まずは、ミノタウロスを発見するのじゃ。そして、倒すのじゃ。そうしてみて、パーシヴァル殿の件との関連性がそこにみえなければ、そのときあらためて探索と検証を進めればよいのじゃ」

この言葉を消化するには、いささか時間が必要だった。長い沈黙のあと、ローガンはしっかりした声音で返事をした。

「おっしゃる通りだ。まずはミノタウロスに当たらねばならない」

「うむ。今からわしが迷宮に入る。一階層から順に十階層までを探索し、ミノタウロスを捜し出して撃滅する」

ありがとうとも、申し訳ないとも、ローガンは言わなかった。この人物に対しては、逆に失礼に当たると思ったからである。

ただ深く頭を下げた。

「これを渡しておこうかの」

ギルの右手には、耳ほどの大きさの、多層殻を持つ貝殻が握られていた。

「これは……セルリア貝？」

「そうじゃ。セルリアの花によく似た色をしておるじゃろう。セルリアの花言葉は、乙女の恋心というらしい。まこと恋する乙女のような、淡く、切なく、はかない色をしておる」

「おお？　急に詩人だな。何か、思い出でも？」

冷やかしのように訊《たず》ねるローガンに、昔な、と心のなかで返すと、ギルは、虹色に輝く貝殻を顔に寄せ、白い口ひげを揺らして、ふっと息を吹き込んだ。

すると、貝殻の内側に青紫に輝く光の球が生じた。

「今、この貝に、わしの命の波動を記憶させせた。この光の球が輝く限り、わしは生きておる」

「おいおい。わしより早く死ぬつもりか？　というか、あんた、冥界の王に恩を売って、死なない体にしてもらったんじゃないのか？」

「ははは。噂とは面白いものじゃな」

この置き土産《みやげ》はローガンに安堵《あんど》を与えた。

安堵する自分の心をみつめて、ローガンは、自分が天剣の死に、いかに動揺していたかを知った。同時に、ギルの思いやりをかみしめた。

「ありがとう、ギル」

にっこり笑って瞬間移動を発動させかけた大魔法使いは、ふと思いついたように言った。

「幸せな死に方があるかどうかは、わしは知らん。けれども、このように生きたいという生き方をみつけることができ、死に至る最後の瞬間まで、そのように生ききることができたとしたら、それは幸せな人生であったといえるじゃろう。人生の値段は、本人以外にはつけられぬ。他人がつける値段は、屍体《したい》の値段か、さもなくばその他人にとっての思い出の値段じゃ」

まるで遺言のように言い残し、ギル・リンクスは戦いにおもむいた。

4

ローガンがギル・リンクスと出会ったのは、およそ四十年も昔のことである。

大陸南部のシェラダン辺境伯領の小さな街のギルドで、報酬をめぐってギルド職員ともめごとを起こしていたローガンに、助け船を出してくれたのがギルだった。

ギルはそのころすでにSクラスだった。冒険者としての常識を丁寧に教えてくれたので、ローガンも自分の間違いに気づき、謝罪した。

そのうえでギルは、ギルドが予定外の依頼をあとで付け加えた事実を指摘し、報酬を増額させた。ギルド職員がギルのような一介の冒険者にへりくだった態度をとるのが不思議だったが、その後Sクラス冒険者というものがどういうものかを知った。

Sクラス冒険者というのは、特別な存在なのだ。

Sクラス冒険者となるには、冒険者レベルが六十一以上か、あるいは、五十一以上で格別の功績を挙げている必要がある。レベル五十一以上ということは、戦闘力において大国の上級騎士なみの力がある、ということである。

名の通ったSクラス冒険者は、複数の国の利害がからむ問題で、使者や調停者としての役割を担うこともある。一時的に部隊の指揮を任されることもあるし、参謀のような役割を期待されることもある。

Sクラス冒険者は数が少ない。王家も諸侯もSクラス冒険者を召し抱えたいと考えることが多い。自由な立場を守りたいSクラス冒険者は、ギルドの庇護《ひご》を求めることになる。

冒険者ギルドにとり、Sクラス冒険者は最大の商品であると同時に、ギルドが高い自立性を保ち、あらゆる干渉をはねのけて存立し続けるための切り札である。であるから、緊急度の高い案件については義務に近い形で依頼の斡旋《あっせん》をすることがあるかわり、国家に対してさえSクラス冒険者の権利を守る防波堤となるのである。

それからしばらくギルはローガンを連れ回して冒険をした。

たぶんギルには最初からローガンの正体がわかっていたのだ。

ローガンは、人間ではない。ドワーフ・ハーフなのだ。

ドワーフなどというものは古代に滅びてしまったと、人間の世界では思われている。だが実際には、大陸中央部のやや南東寄りに広がる広大な高地のなかに、ドワーフの国がある。その国に迷い込んできた人間の一家があり、一家の末娘はドワーフの国で成長し、ドワーフの夫を持った。そのこどもがローガンなのだ。

ドワーフは、人間より身長は低いが、骨格も筋肉もずっとたくましい。持久力は驚異的であり、長時間の戦闘では無類の強さを発揮する。そして、人間のおよそ三倍程度の寿命を持つ。

ローガンは放浪者気質であり、一度国を出て人間の世界に行けば戻ることができないにもかかわらず、ふらりと旅に出た。

人間の言葉は母から教わっていたが、実際に人間の文化文物にふれたことはなく、人間の慣習や価値観も充分に理解しているとはいえなかった。

そんなローガンに、ギルは人間世界の常識と、冒険者としての生き方を教えてくれた。

二年一緒に冒険したあと別れ、さらに四年後再会した。

それは、ロアル教国のとある高位神官の館に監禁されている巫女《みこ》を救出するという秘密依頼での、偶然の再会だった。

行動を共にした冒険者たちは次々脱落し、最後にはギルとローガンが残った。神殿騎士四人を二人で相手するはめになったが、ギルはなんと魔法を使わず、短剣二本を両手に持って、二人の神殿騎士をあしらってみせた。

(そういえば、なぜあのとき魔法を使わなんだのか、聞きそびれたままじゃったわい)

それから五年近く一緒に冒険した。

ギルはこのころには瞬間移動の魔法を習得しており、大陸のあちこちに移動拠点を作りたいということで、この五年間は世界をめぐる旅となった。

瞬間移動といえば、この旅のなかで驚嘆した場面があった。

ある地方領主から二人は命を狙われ、騎士団に追われた。ギルは草むらにローガンを隠すと、追っ手の目に届くように迷宮に逃げ込んだ。

すると当然ながら、追っ手は迷宮の入り口を封鎖した。

ローガンはぎょっとした。

瞬間移動では迷宮から外の空間には跳べない。迷宮内を瞬間移動で移動することは可能だが、迷宮と外の世界は魔法的にはつながっておらず、迷宮の一階から外へは歩いて出るほかないのだ。

この場合、追っ手がギルが瞬間移動の能力を持っていることを知っているかどうかは関係ない。どんな能力を持っていようと、なかに入った以上、必ず入り口から出てくるのだ。

「おいおい、ギルよ。迷宮のなかで持久戦をやるつもりか？　そんならわしも連れていってくれたらよかったのに」

「そんな悠長なことをする気はないね」

「ギル！　いったい、どうやって？」

「はは。お待ちどお。さて、次の街に行くか」

「お、おい。迷宮のなかから外には瞬間移動はできないんじゃないか？」

「そういわれてるね」

「たしか、魔法的にはつながってないとか聞いたぞ」

「うん。つながっていない。だから、つなげてあげればいいんだよ」

「はあ?」

ギルは、旅のあいだにも次々と魔法を工夫し進化させていった。本当の意味で天才だった。

再び別れたあと、ギルはバルデモスト王国に活動の拠点を移し、王の信任を得、魔法院に招かれた。

ローガンはアルダナに腰を落ち着け、Sクラスに昇格したが、そうなると周りがやたらにローガンを拘束しようとしたし、有象無象が関係を結びたいと詰めかけてきた。

うんざりしていたところにギルが訪ねてきてくれたので、瞬間移動の魔法でバルデモスト王国に連れてきてもらった。人一人を連れてアルダナからバルデモストに一気に飛ぶというのは空前の離れわざなのだが、ローガンはもう驚きもしなかった。

ギルは当時のミケーヌ冒険者ギルド長に引き合わせてくれ、ギルド長はパーティーメンバーを斡旋してくれた。

バトルハンマーのローガン。

大剣のゾーン。

付与魔術師のサイカ。

シーフのメジアナ。

これにのちに攻撃魔術師のガーゴスと神官のゾフが加わり、パーティーは完成した。

すばらしいパーティーだった。

リーダーのローガンはSクラス。

ゾーンは最初はAクラスだったが、のちにSクラスとなった。

サイカとメジアナとガーゴスは、パーティーに加入したときにはBクラスだったが、のちにAクラスになった。ゾフはCクラスからAクラスになった。

十年近く、楽しい迷宮探索が続いた。

臨時メンバーを二人加えて最下層のメタルドラゴンも二度討伐した。

また、地上での依頼もこなした。いずれも難易度の高い依頼だった。

やがて黄金時代は過ぎ、ゾーンは死に、サイカとメジアナは引退した。ガーゴスも現場を退き後進の指導にあたるようになった。ゾフは神の啓示を受けて辺境に旅立った。

ギルド長は、あまり迷宮にもぐらなくなったローガンを副ギルド長にして仕事を教え込んだ。そして長年のあいだにため込んだ情報をローガンに渡すと、あっさりと死んでしまった。後任のギルド長にローガンを推薦して。

ローガンがミケーヌの街の冒険者ギルド長に就任して十年以上になるはずだ。細かな年限は忘れた。

この暮らしにもそろそろ飽きてきた。それに、いくらなんでも一ヵ所にとどまりすぎた。この街に来たときローガンは壮年のたくましい戦士であったが、今も老人と呼ぶには若々しすぎる。後任に仕事を託して、旅を再開する時期が来ているのかもしれない。

ローガンは、机の一番上の引き出しを開けた。

セルリア貝の虹色に輝く貝殻の内側に、青紫の柔らかな光の玉がともっている。

心の温かくなる光だった。

第6話　魔法使いの強襲

1

再び十階層から上昇を始めたミノタウロスは、九階層、八階層、七階層、六階層をまたたくまに通り過ぎ、五階層に入った。

五階層のモンスターは、人間がコボルトと呼ぶモンスターだ。

ミノタウロスの三分の一ほどの身長しかなく、白っぽい毛に覆われていて、ちょこまかと動き回る。逃げまどうコボルトを蹴散らしながら、ミノタウロスは四階層に上がった。

四階層で上への階段を探しはじめたとき、いきなり前方の闇のなかから魔法攻撃を受けた。

ちょうど心臓のあたりに着弾して、体ははじき飛ばされ、ひっくり返る。

直感が、倒れかかる体を左にひねらせた。

すぐ右を光弾が走り抜け、地面に当たって爆発した。

体をひねっていなかったら、致命傷を受けていたところである。

倒れつつ体を回転させ、ごろごろと転がり、身をよじって上半身を起こした。

起き上がる頭部を狙い澄ましたように、光の蛇をねじり合わせたような魔法が伸びてくる。

顔をひねってかわそうとする。

光の槍《やり》は、噛《か》みつくように右頬をとらえた。

右頬は吹き飛ばされ、右目の視界は奪われる。

激しい耳鳴りがする。

だが、ミノタウロスの知能は、今が反撃の好機であると判断した。

これほど威力の高い魔法を三連続で放ったのだから、ここで空白の時間が生まれる。

そう考えて前方に駆け出した。

すかさず雷撃が飛んでくる。

胸の中央に突き刺さり、大きな火花が上がる。

巨体が吹き飛ばされる。

ミノタウロスは、全身と脳髄がしびれるのを感じながら、それでも岩陰に転がり込んだ。

胸は焼けただれ、強烈な痛みが走る。

収納庫から三本の赤ポーションを出し、一気にあおる。

傷が癒やされていく。

顔を突き出して、ようすをうかがう。

相手は、近づきも遠ざかりもせず、通路のまんなかに悠然と立っている。

全身を厚手の布の服で包んでいる。

目、鼻、口を残して、顔も頭巾で覆われている。

特殊な防御効果を持つ服であろう。

頭巾で覆われてみえにくいが、顔には幾筋ものしわが刻まれ、白い口ひげとあごひげを生やしている。人間がその姿をみたなら、相手は老人であり、しかもかなりの高齢であると判断しただろう。

だが、迷宮のモンスターは成体として生じ、そのままで死んでゆくのだから、ミノタウロスは若さも老いも理解しない。ただそういう相手だと思っただけのことである。

指でこちらをさす。

火炎弾が飛んできた。

呪文の詠唱もなく。

こいつは、前の魔法使いとは全然ちがう。

ミノタウロスは、そう思いながら、岩陰に頭を引っ込めた。

ところが、軌道を変えた火炎弾に腹部を直撃された。

この敵は、魔法攻撃を曲げることができるのである。

はみ出す臓物を左手で押さえながら、右手で赤ポーションをいくつかつかみ出して、容《い》れ物《もの》ごとかみ砕いて飲み込む。

光の槍が立て続けに飛んできて、隠れていた岩を完全に破壊した。

この魔法使いの攻撃は、一撃一撃が致命的な威力を持っている。

しかも、その強力な攻撃を休みもなく続けて撃ってくる。

ミノタウロスは、何度も殺されかけながら、次々と遮蔽物を変え、勝機を探った。

何度か岩や石礫《いしつぶて》を飛ばしたが、敵の体にふれる前に、じゅっと音を立てて消滅した。

しばらくそんなことを繰り返したあと、魔法使いは両手に雷球をまとって、ふわりと飛び上がった。

飛べるのか！

すさまじい速度で洞窟内を飛行し、ミノタウロスの背後に回り込むと、右手の雷球で頭を攻撃してきた。

とっさに体をひねり、向き直りざまに右手の斧《おの》で切りつける。

だが、必死の反撃は、かすりもしない。

魔法使いの攻撃は、ミノタウロスの左角と左側頭部を削り取り、後ろの岩をえぐった。

ミノタウロスは、しゃにむに斧の攻撃を繰り返したが、魔法使いは宙に浮いたまま、距離を取りもせず、余裕を持って、すべてかわす。

魔法使いが、右手の雷球で攻撃した。

ミノタウロスの左手首の先が、斧ごと消えてなくなる。

魔法使いが、左手の雷球で攻撃した。

ミノタウロスの右手に持った斧が蒸発する。

武器をなくした魔獣は、収納庫から得物を取り出そうとした。

何かこいつを殴れる物を。

つかんだのは、あの剣士が残した腕輪だった。

後ろの岩を蹴って飛びかかり、腕輪を魔法使いの額にたたきつけた。

だが一瞬早く、魔法使いは左手を顔の前にかざす。

雷球をまとったまま。

ミノタウロスの右手は、その雷球に吸い込まれて溶け去るほかない。

だが、そうはならなかった。

当たるとみえた瞬間、雷球が消えた。

腕輪に吸い込まれるように。

腕輪は、魔法使いの左手ごと額を打ちすえた。

手が砕け、頭が割れる音がした。

飛びかかった勢いのまま、ミノタウロスは、手首から先のない左手を大きく伸ばして旋回させ、魔法使いの胸にたたきつけた。

魔法使いの体は宙を飛んで後ろの岩にぶつかり、跳ね返って、うつぶせに岩の床に横たわった。

まだだ。

まだ、こいつは死んでいない。

両手の雷球は消えていたが、魔法使いにはまだ復活と反撃の力がある、と直感がミノタウロスに教えた。

間髪を容《い》れず飛びかかり、腕輪で魔法使いの後頭部を打ちすえる。

魔法使いの頭はぐしゃっとつぶれ、頭巾の下で脳漿《のうしょう》が飛び散る。

そのとき、魔法使いの右手にはまった指輪の血のように赤い宝玉が光った。

ミノタウロスは、反射的に腕輪を顔の前に引き戻す。

指輪から赤く細い光が放たれた。

そして腕輪に吸い込まれた。

何かはわからないが、自動的に発動する魔法攻撃で、しかもたぶん致命的な威力を持っていた。

ミノタウロスは、腕輪で魔法使いの心臓をたたきつぶした。
体の至る所を殴りつけた。
全身がぐじゃぐじゃにつぶれるまで、殴り続けた。
不思議なことに、どれほど打撃を加えても、魔法使いの服は破れなかった。
びちびちっ、という音がする。
振り返ったミノタウロスは、魔法使いの左足をみて、愕然《がくぜん》とした。
つぶしたはずの足が、ふくらみを取り戻し、勢いよく痙攣《けいれん》している。
その次には、ぷくりと胸がふくらみ、脈動を始める。
体のあちこちが、生まれたての小さな命であるかのように、うごめきはじめる。
魔法使いの全身が、命を取り戻そうと、あがいているのである。
どこだ。
こいつの生命力のみなもとは、どこにある。
ミノタウロスは、ふと気づいた。
指輪をはめた右手。
ここは、たたきつけてもつぶれていない。
指輪は、まるで心臓の鼓動のように、赤く、黒く、明滅している。

ミノタウロスは、有効な武器を求めて、左肩の上の空間に右手を差し入れた。
指先にふれたものがある。
あの剣士が残した短剣だと、すぐに思い当たった。
短剣を取り出すと、魔法使いの指輪をはめた指に突き立てた。
指輪は指ごと切り離され、勢いよく飛んでいった。
同時に、体のあちこちで起きていた脈動は止まり、全身は、ぐったりとなった。
安心しかけたミノタウロスの鼻が、何やら焦げ臭い匂いをとらえた。
魔法使いの胸から、黒い煙が出ている。
不気味な生き物のような形に焦げ目が広がる。
その形は、人のようでもあり、獣のようでもある。
焦げ目から勢いよく黒煙が立ち上り、不吉で邪悪な妖魔が現れた。
すさまじい悪意と、強大な魔力を発している。
妖魔が、手とも触手ともつかぬ物を、ミノタウロスの頭部に伸ばしてくる。
ミノタウロスは、傷ついた左手で、それを防ごうとする。
あっというまに左手の肘から先が腐り落ちた。
ミノタウロスは、右手に持った短剣を妖魔の体のまんなかに突き込んだ。

右手が激しく痛み、指が溶けていくのがわかったが、かまわず短剣をねじり込んだ。
「ギシャアアアアアッ」
叫び声を上げ、怪物が苦しんでいる。
短剣が、淡い緑の燐光《りんこう》を放っている。
突然、妖魔は霧のように空気に溶けて消えた。
同時に魔法使いの体も消えた。
あとには驚くほどたくさんのアイテムが残された。
ミノタウロスは、岩の上に大の字に横たわった。
激しい痛みが体を襲う。
またも体が造り変えられている。
すさまじいまでのレベルアップが始まったのである。
痛みが治まり、すべての傷は癒やされた。
失った指も、腕も、角も、頬も、修復されている。
ミノタウロスは、自分がとてつもなく強靱《きょうじん》になっていることを感じた。
しばらく休んだあと、起き上がった。
魔法使いが残したアイテムは、残らず収納庫に入れた。

成長に伴い、収納庫の容量は飛躍的に増加していた。
今度は服も残ったので、それも拾った。
これほどの強敵を倒した証《あか》しを、ひとかけらも残すことは許されない。
それにしても、何という敵であったことか。
広い場所であれば殺されていた。
あの腕輪がなければ殺されていた。
あの短剣がなければ殺されていた。
赤ポーションがなければ殺されていた。
ここまでに力と経験を蓄えていなければ殺されていた。
人間とは、すごいものだ。
あそこまでになれるのだ。
ならば、俺も、まだまだ強くなれる。
体は疲れきっていたが、気持ちは高ぶっていた。

2

充分に休憩を取ったあと、ミノタウロスは再び階段を探して上っていった。

武器は右手に持つ小さなナイフだけである。斧は二本とも魔法使いとの戦いで失われてしまった。左手に持つ腕輪もとても頑丈だから、武器といえなくもない。

何度か人間と出会ったが、相手は逃げるばかりで、戦闘にはならない。

直感は、ここが最上階層だと教えている。

ここに別世界への入り口がある。

ミノタウロスは、迷宮のしくみを振り返った。

各階層は、回廊と部屋でできている。

各階層のモンスターは、その階層にしかおらず、他の階層に行くことはない。

モンスターは、回廊をうろつくこともあれば、部屋にいることもある。

モンスターによって、どちらか片方を好むようだ。

各階層には、ボスモンスターが一体だけ出現する。

ボスモンスターは決まった部屋にいる。

モンスターも、ボスモンスターも、殺されたあと、しばらくすると湧いてくる。

各階層には、階段が、それぞれ二ヵ所ある。

一つの階段は、上の階層につながり、一つの階段は、下の階層につながっている。

上の階層ほど、モンスターは弱い。

考えながら歩いているうちに、今までになく明るい光が差し込んでいる部屋があった。

あそこだ。

あそこに、強い光があふれている。

あの向こうに、やつが目指していた世界がある。

それはたぶん、ミノタウロスの知る世界とは別の世界だ。

その部屋に、ミノタウロスは足を踏み入れた。

そのとき目に入ったのは、ちゅうちゅう鳴くちっぽけなモンスターに、ずいぶんちっぽけな人間がとどめを刺すところだった。

他の人間がその場にいれば、どうしてこんなこどもが迷宮にいるのかと驚いたことだろう。

その少年は、モンスターを倒したときに現れた銅貨を大事そうに拾い、腰の袋に入れた。

そして、顔を上げて、ミノタウロスに気づいた。

部屋はかなり広く、あちこちで、ちゅうちゅう鳴くちっぽけなモンスターが走り回っている。しかし、少年のほうを攻撃するようでもない。

このモンスターは、相手から敵意を向けられない限り自分からは攻撃しないのだ。

部屋の端には短い横穴があり、そこから、まぶしい光が差し込んでいる。

あそこだ。

あそこが、別世界への入り口だ。

ミノタウロスは、ふと目線を下ろして、驚いた。

少年がいた。

泣きも、へたり込みもしていない。

こちらをにらみつけ、武器を構えている。

武器といっても、ごくお粗末なナイフである。

この少年からすれば、このナイフは、大きな斧のように感じられるだろう。

だがミノタウロスからみれば、それは小さなとげにすぎない。

なぜ逃げないのだろう。

弱き者は、すぐ逃げるものなのに。

お前は決して、俺に勝てないのに。

ミノタウロスは、あらためて、その小さな人間をみつめた。

傷だらけである。

顔も、むき出しの腕も、ぼろきれをくくりつけた足も。

粗末な服も、至る所が破れ、血がにじんでいる。

ここのちっぽけなモンスターも、この少年にとっては強敵なのであろう。

顔に飛びつかれ、体にまとわりつかれ、手や足をかじられ、戦ってきたのだろう。

何のために？

おそらくは、あの小さな茶色の、丸い金属のために。

それにしても、いい目だ、とミノタウロスは考えて、突然理解した。

そうだ。

同じ目だ。

やつと同じ目だ。

あの剣士と、同じ目だ。

戦う者の目だ。

思わず、ミノタウロスは右手に握った短剣を振り上げていた。

すると、いよいよ驚いたことに、少年は走り寄ってくる。

走りながら、腰だめにナイフを構えると、腰を回して武器をミノタウロスの左足に打ち込んできたのである。

あきれるほど、遅い動作だ。

信じられないほど、重さに欠ける打撃だ。

こんなもので、本当に俺と戦うつもりなのか。

だが、弱々しくはない。

その剣尖《けんせん》の軌跡は、美しささえ感じさせた。

ミノタウロスが、あきれながらみるうちに、少年の剣は牛頭の怪物のくるぶしのすぐ上に当たり、そして、食い込んだ。

食い込んだ、どころではない。

刃幅のなかばが、足の筋肉に食い込んだ。

残りの半分は体毛で隠され、ナイフの刃全体が巨獣の足に吸い込まれたようにみえる。

ミノタウロスは驚愕《きょうがく》した。

自分の強靱な肉体を、この貧相な武器が傷つけるとは。

いったい何が起こったのか。

そのとき、ミノタウロスは、足に妙な気配を感じた。

みると、少年がずりずりと崩れ落ちていた。

ミノタウロスは、思考が麻痺《まひ》したまま、しばらく動かなかった。

すると、すうすうという寝息が、少年から聞こえてきた。

そうか、この少年は。

先ほどの一撃で、残された気力と体力を使い果たしたのだ。

そして、気を失い、俺の左足の五本の指を寝床にして、今眠っているのだ。

ミノタウロスは、少年を抱き上げ、岩の上に寝かせた。

左足に食い込んだままのナイフを足から抜き、少年のかたわらに置いた。

この少年は、力もわざも、まともな武器も持たない。

だが、先ほどは、すばらしい攻撃をみせた。

戦いを重ねれば強くなり、やがて好敵手として俺を楽しませてくれるにちがいない。

若さも老いも理解しないミノタウロスだが、成長ということはわかる。自分自身、敵を倒して成長した。この小さな人間は、成長する前の段階なのだ。これから恐るべき成長ぶりをみせるのだ。

いつか成長したこの少年と戦えると、ミノタウロスは予感した。

その日のために、自分はまだまだ強くならねばならない。

その予感は、確信に近い思いとなって、ミノタウロスの胸に下りてきた。

それにしても、今、俺は勝ったのか、負けたのか？

この少年は、勝ったのか、負けたのか？

しばらく考えたが、結論は出なかった。

間違いないのは、この少年が、よい戦いをしたということである。

よい戦いは報われねばならない。

ミノタウロスは、左手に持っていた腕輪を少年の胸の上に置いた。

それから顔を上げて、出口の明かりをみた。

あの向こうには、この少年の世界がある。

だが、あの、やたらまぶしい光をみていると、あのなかには踏み込みたくない、という思いが強くなる。

あれは、俺の住むべき世界ではない。

あそこは俺を喜ばず、俺もあそこを喜ばないだろう。

次に、今まで来たほうを振り返った。

歩いてきた道を思い出すと、頭のなかにこの階層の地図が浮かんだ。

そしてここまで歩いてきたすべての階層の地図も頭のなかに入っていることがわかった。

俺の世界は、ここから始まり、下層へと続いている。

俺が生まれた階層には、下に下りる階段もあるのではなかろうか。

その下には、さらに深い階層があるのではなかろうか。

きっと、そうだ。

下に、下に、俺の世界は続いている。

下に行くほど強い敵がいる。

強い敵こそ俺の友であり、出会うべき相手だ。

俺はすべての友を殺す。

それが世界が俺に求めることであり、俺が世界に求めることだ。

ミノタウロスは、これまでにない強烈な飢えと、暴力的なまでの歓喜を感じつつ、きびすを返して昂然《こうぜん》と歩きはじめた。

下層に向かって。

第7話　メルクリウス家の家宰

1

ギルド長ローガンは物思いに沈んでいた。

天剣がサザードン迷宮に入ってから八日目であり、天剣の冒険者メダルが発見された翌日である。

遺留品の鑑定は当日のうちには終わらず、今日の早朝から鑑定作業を再開し、ようやく先ほど暫定的なリストがギルド長のもとに届いたところだ。

リストには、すべてのアイテムが項目別に記載されている。ぱらぱらとめくってみたが、銘持ちのアイテムが多い。そして恩寵《おんちょう》品が多い。

それにしても、暫定リストを作るだけで二日がかりだとすると、金額査定には一ヵ月以上かかるだろう。

ローガンの机の上は書類で埋め尽くされている。ギルド長の判断や決裁が必要な案件が、目白押しなのだ。書類仕事に追われ、昼食をとる時間もなかった。

少しだけ仕事の手をとめ、〈ザック〉から保存食を取り出してかじりながら、ここ数日の出来事を頭のなかで整理していた。

昨日は天剣の死に動転して、人間の世界での陰謀が天剣を殺したのだと決めつけた。

だがそれは臆断にすぎない。

今のところ、そんな可能性を示唆するような情報は得ていないのだ。六階層のモンスターに天剣が殺されるわけがないという判断から、殺したのはモンスターではないと考えただけのことだ。

だがもし、ミノタウロスが天剣を殺したのだと仮定すると、どうなるか。

何日か前、ミノタウロスの情報が入りはじめたとき、ローガンは思った。それではまるでモンスターの冒険者だと。

荒唐無稽な話だが、そんな存在が生まれたとしたらどうなるだろう。

(冒険者なら、階層を行き来できる)

(それだけか?)

それだけではない。

冒険者なら、敵を殺せばレベルアップする。

エリナとかいう女戦士を殺してレベルアップし、パジャたちを殺してさらにレベルアップし、そして……。

慄然《りつぜん》とした。

もしもミノタウロスが天剣を殺したのだとしたら。

とてつもない不運が重なって、天剣がミノタウロスに殺されてしまったのだとしたら。

今ミノタウロスは、どれほどの強さなのだろう。

ふつう、ミノタウロスのモンスターレベルは二十とみなされている。

同じ十階層の回遊モンスターである灰色狼《おおかみ》がレベル十なのだから、これは反則的な強さだ。

エリナ戦で一つ、パジャ戦で二つか三つレベルが上がったとして、天剣を殺したら、いったいどれほどレベルが上がったろう。

それはもう想像するのも恐ろしいほどだ。

だが、冒険者だというなら、人間の冒険者と同じくレベルアップの上限があるかもしれない。人間の冒険者の場合、どれほどの強敵を倒しても、一度のレベルアップは十までなのだ。十もレベルが上がるような強敵を倒す冒険者はめったにいないが、とにかく一度に十以上は上がらない。

それがあてはまるとすれば、今ミノタウロスは、三十四か三十五程度のレベルだと、一応考えられる。

それはなかなかの強さだ。だが逆にいえば、三十四階層か三十五階層の回遊モンスターなみの強さでしかない。

その程度の強さでは、パジャたち三人にも勝つのはむずかしい。まして天剣にはとても歯がたたない。

（そもそも冒険者はモンスターを倒せばレベルが上がるが）

（人間を倒してもレベルはほとんど上がらん）

（ミノタウロスがもし冒険者になったとしたら）

（そこはどうなるんだ）

2

結論の出ない思考をめぐらせていると、事務長がわずかにドアを開いた。

いつもながら、この立て付けの悪いドアを音もさせずに開けてくる。これは何かのスキルなのだろうか。

「メルクリウス家の家宰様がおみえです。静かな場所で、ギルド長にご相談なさりたいことがあるとのことです」

ローガンの脳髄は、耳が聞いた言葉を理解するのに、少なくない時間を要した。

(メルクリウス家の家宰だと?)

(静かな場所?)

(相談?)

いやな汗が、じわっと湧いてくるのを感じた。

メルクリウス家は、大国バルデモストのなかでも格別の名家である。

その家宰というような尊貴な人物を、あまり待たせるわけにはいかない。

静かな場所ということは、人に話を聞かれないような場所ということだろう。

とすれば、この部屋以外にない。

「事務長。お客様をこの部屋にご案内してくれ」

天剣の遺留品の暫定リストと一緒に、天剣の冒険者メダルと遺留品拾得についての知らせを家族に送る、という案件が上がってきたので、実施許可のサインをした。それはつい先ほどのことだ。

つまり、まだ連絡は行ってない。

天剣が死んだと聞いて、その情報を確かめにギルドに来たというなら、まだ話はわかる。だがその情報は、まだメルクリウス家に届いていないのだ。

(しかも、呼びつけられるなら話はわかるが)

(家宰自身が直接訪ねてくるだと?)

カーン。

カーン。

カーン。

入室ベルが打ち鳴らされた。

まさか、これを実際に使うことがあろうとは思いもしなかった。

ギルド長っていうのは偉いんだぞ、という冗談で付けさせたのに。

扉の内側にドアガードはいないので、事務長は自分で外からドアを半開きにして、涼やかな声で告げる。

「メルクリウス家家宰パン＝ジャ・ラバン様、ご随行ツェルガー家のユリウス様、ご入室でございます」

（待て）

（なんで名前が二人分なんだ？）

（しかも、ツェルガー家だと？）

（その家名は、たしか……）

前ギルド長から譲り受けた資料のなかで、その家名をみた。

特殊な家名だった。こういう使われ方をする家名はいくつかある。

この家名を名乗るということは、そういう血筋の人物だということだ。

(なんてことだ)

(いったい何が起きてるんだ?)

先に部屋に入ってきたのは、老境にさしかかった男性であった。

長身である。

きちんとなでつけられた髪と、口ひげ。上品な服。

静かな足運びと、柔らかな動作。

鍛え抜いたローガンの観察眼は、この家宰なる人物が、一騎当千の戦闘力を持つ武人であるとみぬいた。

「高貴なおかたをお迎えでき、光栄に存じます。ミケーヌ冒険者ギルド長ローガンでございます」

ローガンは、机の横に出て、深く頭を下げた。

「メルクリウス家の家宰、パン゠ジャ・ラバンと申す」

家宰は、その家の実務を取り仕切ると同時に、当主の名代でもある。

メルクリウス家の歴代当主は、家臣思いで有名だ。

家臣には、機会を与え、経験を積ませ、やがて一家を立てさせる。

苦労は共にし、報いは惜しみなく与える。

そのため、もとの家臣たちの家はメルクリウス家を主家と仰ぎ、代が替わっても忠誠を失わない。

親族たちへも厚く遇してきた。

そのくせ、メルクリウス宗家自体は少しも太ろうとしない。

このような家であるから、一朝事あれば一門の家兵が参じる。

家産の低さにもかかわらず、その潜在的武力は国内有数と目されるゆえんである。

家宰は、当主が外にあるときは家の一切を差配し、当主が家にあるときは代理として諸事の実務にあたる。この二年で二度あったメルクリウス家の出兵では、家宰が指揮を執ったと聞いている。

であるから、この家宰自身、それなりの身分であるのが当然なのに、名前も家名もローガンの記憶にはなかった。

(名家の子弟であるはずなのに正体不明な人物か)

その事実と、目の前の家宰の年輪を刻んだ厳しい顔つきを思い合わせているうち、ある出来事がローガンの脳裏をよぎった。

どうしてそれを思い出したのか、自分でもわからない。

3

先々代国王の時代に、近衛《このえ》の平騎士から吏務査察官に任じられるという、異数の出世を遂げた男がいた。

男は、王の知遇に感じ入り、職務に精励した。

ところが、他国との貿易で不正を行った家をいくつか摘発したとき、リガ公爵の逆鱗《げきりん》にふれ、男の家は族滅《ぞくめつ》された。

その男と家族と親族、そして部下たちは、一夜にしてこの地上から消え失《きう》せたのである。

翌朝、参内したリガ公爵は、王と閣僚たちの前で、賊徒の殲滅《せんめつ》を報告し、その罪科を述べ立てた。理不尽な言いがかりというべきであったが、事はすでに終わっており、いかんともしがたかった。

王は、顔を紫色にして、ひと言も発せずに席を立ったという。

だが、当時、少しちがう噂《うわさ》も流れた。

その男の次男である少年の屍体《したい》を検分した者が、本人のように思うが、少し面差しがちがうようにも思われる、と述べたというのである。

男の友人であった貴族が、身代わりを立てて少年を助け、かくまっているのではないか、と憶測する者もいた。

前ギルド長は、その次男なる少年が生き延びたことをほとんど確信していた。

4

この家宰こそが、その生き延びた次男ではないか。

ヴァルド家の族滅は王国暦千二十四年、つまり五十五年前のことである。この家宰の年齢とも合致する。

もちろんこれはローガンの直感にすぎず、何の根拠もない。

ただ、目の前の人物の心胆がどこに置かれているか、つかめたような気がした。

家宰に守られるように入室してきたのは、五、六歳の美童である。

(この少年が、ユリウス・ツェルガーか)

ツェルガーというのは特殊な家名で、王宮の貴族台帳には明記されているのに、実際にはそんな名の貴族は王国のどこにも住んでおらず、生活もしていない。

この少年には何か別の本来の家名があるはずだ。

栗色《くりいろ》の髪に、水色の瞳。

派手ではないが、きわめて上質な衣服。

あどけなさと凜々《りり》しさが同居する、とてつもない美少年である。

家宰の態度は、この少年が家宰の随行なのではなく、逆であると語っている。

しばしのまを置いたが、幼い貴紳の紹介はない。

今は名乗りたくないということか、と判断して、二人にソファーを勧めた。

家宰は、少年を座らせてから、自分もその横に座った。

「ローガン殿も座られるがよい」

「は。ありがとうございます」

(本物の貴族ってやつに、久々にお目にかかったわい)

ローガンは、いささかならぬ緊張を強いられている。

事務長が二人の女性職員を連れて入室してきた。

女性職員が持っているのは、客の外套《がいとう》と帽子であろう。

小憎らしいほど落ち着いた所作で、事務長は手ずから外套と帽子をラックに懸けると、職員を従えて部屋を出ていこうとした。

「事務長。わしが声をかけるまで、この階には誰も来ないようにしてくれ」

事務長は、ローガンのほうに視線を送ると、了承のしるしにうなずき、無言のままドアの前で深くお辞儀をして、姿を消した。まことに礼法に適《かな》った所作である。

(くそ。お前は、どこの貴族家の執事様だ)

と心で毒づきながらも、いつもはからかいの対象でしかない事務長の育ちのよさに、ちょっぴり感謝した。

実のところ、事務長のイアドールは、かなり大きな貴族家に仕えていたし、本人ももとは貴族である。事情があって冒険者ギルドに受け入れたのだ。

人の気配が去ってから、メルクリウス家の家宰は口を開いた。

「ミケーヌ冒険者ギルド長ローガン殿。先ぶれもなく突然に訪ね、相すまぬ。相談があって参った。その前にユリウス様をご紹介せねばならぬ。先ほどは、母方の家名を名乗られた。かの家は、母上様よりユリウス様が相続なされたものである」

物言いが丁寧なのにとまどいながら、ローガンは家宰の言葉を聞いていた。

(あの家名を母親から受け継いだだと?)

(とすると、その母親とは、つまり……)

「しかし、ユリウス様の本来の聖なる責務は、始祖王に付き従いし二十四家の一つ、光輝あるメルクリウス家のもとにある。ユリウス様は、父君にして現当主たるパーシヴァル・コン・ド・ラ・メルクリウス・モトゥス様の、正統にして正規の後嗣であられる」

(後嗣?)

(父君?)

(ということは……)

「天剣に息子がっ? というか、結婚してたのかっっ?」

思わず叫んだあとで、自分がどれほどの不作法をしでかしたかに気づき、ローガンの顔面は蒼白《そうはく》になった。

「こ、これは、まことに失礼をしましたっ。ひらにご容赦をっ」

応接テーブルに頭をこすりつけるローガンに、家宰は笑顔を向けた。

「ローガン殿。かしこまるには及ばぬ。貴族には貴族の作法があるが、冒険者には冒険者の作法があろう。まして、ここは冒険者の城にもひとしい。われらは、そこに足を踏み入れた部外者に過ぎぬ。それに」

言葉を探して、家宰は話を続けた。

「冒険者ギルドは、冒険者たるパーシヴァル様にとり、庇護《ひご》者にして支援者。わけてもローガン殿には、特段のご高配を受けたと聞き及ぶ。パーシヴァル様は常々、ミケーヌのギルドは居心地がよい、と仰せであった。あれほどの放浪癖の持ち主が、ミケーヌで過ごされることが多かったのは、ここの迷宮とローガン殿のおかげと、当家では感謝いたしておる。ミケーヌで過ごすあいだは当家に戻られたゆえ」

家宰の横でユリウスが、きらきらした目でローガンをみている。

（お願いだから、そんな目でみないでくれ）

「わがあるじは、七日前に屋敷《やしき》を出て、サザードン迷宮に入られた。九十四階層近辺を探索されるとうかがった。補給品は充分に準備なされたが、長くとも十日程度のご予定であった」

異常な日程である。普通なら十日では九十四階層にたどり着くのがやっとで、探索する時間も帰還する時間もない。

この異様な移動時間の短さについて聞いたとき、天剣は、姿と気配を消し去るアイテムと走行速度を飛躍的に高めるアイテムを使用しているといった。どんな恩寵品であるのかまでは教えてくれなかったが。

「パーシヴァル様は、水晶球に命の波動を記録なさっておられた。その水晶球を収めた箱の鍵をあけ、日に一度か二度水晶球をごらんになるのが、ユリウス様のご日課であった。昨日の朝は異常がなかった。だが午後には水晶球の光が失われておった」

ユリウスの顔が悲しげにゆがむ。

ローガンの胸も痛んだ。

「パーシヴァル様は、常に仰せであった。迷宮に入るからには、いつ命を落とすやもしれぬ。迷宮で死ねば亡きがらも残らぬ。この水晶球の光が失われたときには、水晶球とわが書状を証《あか》しとして、ただちに死亡を届け出よ。しかしてユリウスに家と身分を継がせよと」

ユリウスが、必死に涙をこらえている。

（昨日、水晶球をみたときは、ショックだったろうなあ）

（一日泣いて過ごしたんだろうかなあ）

「ローガン殿。わがあるじの消息につきご存じのことあらば、お教えねがいたい」

「家宰様。実は、ちょうど書状をお届けするところだったんで。少しお待ちを」

ローガンはコールチャイムを鳴らした。

チャイムの音が消える前に下の階から事務長が上がってきた。

澄ました顔をして、手に盆を捧《ささ》げ持っている。

事務長の後ろには、お茶を持った事務員が続いている。

事務長が持ってきたのは、メルクリウス家宛の報告書簡と、拾得アイテムのリスト、アイテムの扱いについての規則の写しだった。

ご丁寧に、受領証と、署名するためのペンまで添えられている。

（なんでこんなに準備がいいんだよっ！）

（それに、なんでそのお茶、煎れ立てなんだよっ！）

事務長は、家宰が署名した受領証を受け取り、正しい順序でお茶を並べ、すうっと部屋を出ていった。立て付けのよくないはずのドアを無音で閉めて。

家宰は、無言で書類を読み進めた。

ふと気づいたように、ユリウスにお茶を口にするよう、しぐさでうながす。

ユリウスも心得たもので、カップを口に運ぶと、くちびるにふれさせ、そのままソーサーに戻した。

これで、他の二人もお茶を飲むことができる。

ローガンは、ありがたく喉をうるおした。

そして、仕事机に置いてあったリストの写しを読みはじめた。

家宰は、リストに何やらしるしを付けたあと、書類を応接テーブルに戻し、目を閉じてしばらく考え事をしていたが、やがて目を開いてユリウスのほうをみた。

「ユリウス様。パーシヴァル様の遺品が、昨日サザードン迷宮六階層で、通りかかった冒険者に発見されました。現在は当ギルドに保管されております」

ユリウスは、うなずいた。

「ローガン殿。遺品の何点かを買い戻したい」

ローガンは、天剣の恩寵職がなぜ冒険者だったんだろう、と理不尽な怒りを覚えた。恩寵職に騎士を選択すれば、〈ザック〉ではなく、〈ルーム〉が持てる。〈ルーム〉なら共有や相続が可能であり、今回のようなことにはならなかった。

とはいえ、〈マップ〉をはじめ、ソロで冒険者をするのに必要なスキルを多く取得できるのは、やはり冒険者である。取り回しのよさでは、〈ザック〉は〈ルーム〉に優《まさ》っている。

ユリウスと家宰を交互にみながら、申し訳なさそうに謝った。

「これが世のなか一般のことであれば、遺品というものは、一も二もなく遺族のもんです。まあ、遺言とかで、遺贈先を指定していなければですがな。ところが、迷宮ではルールがちがうんです」

渇いた喉を茶で湿《しめ》して言葉を継いだ。

「迷宮で死んだ人間の遺品は、拾った者とギルドの物になります。たとえ遺言があっても、迷宮で拾われた物には適用されんのです。ですから、ふつう迷宮にはあまり高価な財産は持ち込みません。あれほどの財産が、突然他人のものになってしまうなんて、さぞお腹立ちのことでしょうが、どうかご理解ください」

「それは、よくわかっておる。国法にも認められた迷宮固有の決まりであり、なぜそのようになったかも理解しておる。財産が奪われたなどとは思わぬ。また、この程度は、当家の財政に影響は与えぬ。さらにいえば、パーシヴァル様は、武具にしても法具にしても、最上のものは、ユリウス様に取り置いておられる。貴重な品は迷宮には持ち込まれなかった。ただ、五点だけ例外がある」

家宰は、お茶を一口飲んで話を続けた。

「その五点は、いずれも恩寵品であり、パーシヴァル様の冒険に、あまりにも有用であった。その五品は、当家にとり格別の意味がある。ローガン殿」

家宰は、目に力を込めて、ローガンの目をみすえた。

「パーシヴァル様は、貴殿のことを、高い見識を持つ人格者であると仰せであった。貴殿をみこんで腹を打ち割った話をしたい」

（天剣）

（あんた、わしと誰かを間違えて伝えてないか？）

そう思いながらも、ローガンはうなずくほかなかった。

「まずは、このリストにしるしを付けた三点を買い戻したい」

ローガンは、家宰がしるしを付けたリストをみた。

ライカの指輪
エンデの盾
ボルトンの護符
いずれも聞いたことのない名であるが、リストによれば三点とも恩寵アイテムである。そして恩寵の内容は不明となっている。ギルドの鑑定師では歯がたたないほど高位の恩寵品なのだ。

「わかりました。買い戻しについてはご遺族に優先権があります。問題ありませんな。ただ値段のほうは、これから査定をせねばはっきりしません」

「費用はいくらかかってもかまわぬ。さて、問題はここからなのだ」

会話をしながら、ローガンは、あることに気がついた。

あのアイテムが、一覧表に含まれていない。

天剣が持っていたにちがいない、あの有名な腕輪が。

「パーシヴァル様が所持しておられた品で、このリストにない品があるとしたら、それはどういうことであろうか。これには、アレストラの腕輪と、カルダンの短剣が含まれておらぬ」

5

「ローガン殿。パーシヴァル様は、自分が迷宮で死んでも殺した相手を恨んではならぬ、と仰せられていた。自分は好んで迷宮に行くのであり、戦いの一つ一つは自分にとり名誉ある決闘であると。力及ばず倒れたとしても本望であり、決して恨みや憎しみをわが子に伝えてはならぬ。そう何度もそれがしに念を押された。であるからパーシヴァル様が亡くなられた原因やようすを調べようとは思わぬ」

（迷宮のモンスター討伐が〈決闘〉とは）

（いかにも天剣らしい言いぐさだな）

「だが、このままでは、ユリウス様が跡をお継ぎになることができぬ。当主就任と身分継承は問題なく認められるであろう。認められたあとが問題だ」

「ユリウス様のお母上様が、国王陛下におとりなしを願われても、かなわないようなことなんですかい？」

家宰は、少し目をむいてローガンをみた。

「これは驚いた。あの家名を知っておったか」

「先代国王陛下の第二王妃様がご実家から受け継がれた従属家名かと。第二王妃様のお母上様が、時折お忍びで外出されたときなどにお使いであったと側聞いたしております」

「ううむ。冒険者ギルド長の情報と記憶とは、すさまじいな」

実のところ、このミケーヌの冒険者ギルドが特殊なのだ。

というより前ギルド長が特殊だったのだ。

「パーシヴァル様と奥様とは、秘密婚をなされた。ご結婚そのものは正式であるが、奥様が有される尊貴な血統と特権がお子様の災いとならぬようにされたのである」

王家の姫と秘密に婚姻するというのは驚くべき話だが、ローガンは先代国王の第二王妃に関する情報からすれば無理もないことだと納得した。

「ゆえあって内分に願いたいが、聖上には、ことのほかこの結婚を寿《ことほ》がれてある」

世間では、現国王は先王の第二王妃をきらっていたといわれている。ところが今家宰は、先王の第二王妃の娘の結婚を現国王が喜んでいると言った。しかもそれを内緒にしてほしいと言った。理由があるにちがいない。

「されば当主就任の勅許と身分継承のご沙汰については問題ないと申した。問題は、そのあとにある。家名継承と襲爵にあたっては、参内して聖上への拝謁を請わねばならぬ。当家当主は、その際かの腕輪を身に着ける慣例なのだ」

（そうだった！）

（メルクリウス家の当主が代替わりするときには）

（アレストラの腕輪を腕にはめて参内するんだった）

「そして、聖上は腕輪を手に取り、始祖王と初代当主の君臣の契りをお賛《たた》えになる。ただの慣例ではあるが、腕輪が紛失したということになると当家は体面を失う」

アレストラの腕輪は他国にもそれと知られた秘宝だ。しかも女神ファラから始祖王に授けられ、始祖王がメルクリウス家初代に下賜した神宝だ。紛失したなどということになれば、体面を失うどころではない。メルクリウス家の存立に関わる。

「したがって、腕輪が戻るまでは、パーシヴァル様のご逝去を届け出、ユリウス様への代替わりを願出することはできぬ。カルダンの短剣については、みつからねば、当面は諦めてまた時を待つこともできる。アレストラの腕輪については、そうはいかぬのだ」

今度は、ローガンが考え込む番だった。

ややあって、ローガンは口を開いた。

「順番に考えていきましょう。ドロップアイテムがみつかったのは、六階層の階段近くです。わりと人通りの多い場所ですが、パーシヴァル様の目撃情報はありません。だからここにパーシヴァル様が長くとどまっておられたわけではない、と考えられます。おそらくパーシヴァル様は、深い階層で探索を続け、それが終わったあと出口を目指して迷宮を上り、六階層で命を落とされたんでしょう。すると、腕輪と短剣は六階層に上がった時点ではどうなっていたか、という点がまず問題になります」

「ふむ。その通りではあるが、生きているパーシヴァル様から、あの貴重なる二品を奪うのは無理であろう。紛失するような品でもない。格別な恩寵が込められた品であるから、破損して消滅したとも考えにくい」

「わしもそう思います。一覧表をみると、高性能の回復アイテムも多数残っとります。深い階層で傷や毒を受けたとしても、それは回復できたわけです。すると、やはり六階層で、命を落とされるような出来事があったのです。そのとき、あるいはそのあとに誰かが持ち去った、という線をまずは考えるべきでしょうな」

結論は正しかったが、ローガンの知らないこともあった。

パーシヴァルは、修行の効果を上げるため、できるだけ回復アイテムを用いない。

同じ理由で、四十九階層より上の階層を駆け抜けるときには、わざわざ体力と能力が低下するブーツを着用していた。

ミノタウロスと遭遇したときには、体力も気力も絞り尽くし、本来の能力が抑制された状態だったのである。

「そうであろうな。非礼を承知で訊《たず》ねるが、拾得者はすべての物品をギルドに提出したであろうか」

「はい。提出しとります。少なくとも本人たちはそう思っとりますな。ところで、もちろん二つのアイテムには、所有印がほどこしてありましたでしょうな？」

「然《しか》り」

「おそらく、最上級の刻印なのでしょうな？」

「然り。最上級の刻印であり、呼び戻しの魔術もかけてある。取り戻したい五品すべて、そのようにしてある。ふむ。貴殿の次の質問への答えも然りである。すでに昨日刻印術師を呼び、探索の術をほどこさせた。夕刻になり反応が出はじめたが、問題の二品のみ反応がなかった。監視を続けさせたところ、物品がここに持ち込まれたようであった。そこで、出向いてきたのである」

(食えない男だ)

(あらかじめそこまでの情報は押さえてやがったのか)

(しかもそれを隠してやがった)

(それにしても、呼び戻しの魔法までかけてあるとは)

アイテムと同じ重さの聖銀を使いつぶしにする術であり、効果は長くて一年ぐらいだといわれている。

(切れるたびにかけ直すんだろうなあ)

(かけ直すときには、現物はなくてもいいらしいが)

(家柄のわりには金持ちでないと聞いてるが、やはりけたがちがうわい)

「ということは、腕輪と短剣はまだサザードン迷宮のなかにあるのですな」

ローガンはそれほど刻印術にくわしくはないが、迷宮の外からなかを探査できないというのは、広く知られた事実である。

「そうとしか考えられぬ」

「なるほど。ところで、拾得物提出については、トラブルをさけるため、本人の許可を得て、虚偽判定の魔法をかけながら、いくつか所定の質問をするんです。そのなかに、拾得した品は全部提出したか、というのがあります。十九人全員について確認が取れとります。ですから、拾得者たちが迷宮内に腕輪や短剣を隠匿しているということはありませんわい」

「ほう。なるほど」

「所定の質問のなかには、もとの持ち主の死に関与していないか、また関与した者に心当たりはないか、というのも含まれております。こちらについても、十九人全員、パーシヴァル様の死因については、まったく心当たりがないことが確認されとります」

「うむ」

「次に、通りがかりの第三者が腕輪と短剣を持ち去ったという可能性も、考慮の外に置いてよいでしょうな。もとの持ち主を害していないんなら、ギルドに堂々と持ち込めば現物か対価を得られるんですからな。まあ、現金や高価な消耗品などが残されとりますから、強盗にせよ、火事場泥棒にせよ、単なる利益目的のはずがありませんわい」

「さようか。では、残る可能性は何か」

「まず、拾得者たちがみおとしたか、途中で落としたということが考えられます。この場合、一階層から六階層までのどこかにあることになりますな。次に、拾得者たちより早く、モンスターがアイテムを持ち去ったということも、考えられなくはありません。武器や光る物に興味を示すことがありますからな」

「それは思いつかなんだ」

「この場合、アイテムは六階層にありましょう。モンスターは、階層を越えてアイテムを運ぶことはできませんからな。次に、おそれ入る申し条ではございますが、メルクリウス家に害をなさんとする者が、パーシヴァル様を罠《わな》にかけて二品を奪い、迷宮のどこかに隠したか、持ったまま今も隠れているという可能性です」

家宰の目が、厳しい光を帯びた。

「パーシヴァル様が亡くなられたことが知れ渡り、若様が跡継ぎの願いを出さないわけにはいかなくなるまで待ち、お家を窮地に追い込むなり、あるいは条件つきで腕輪を返す、というような筋書きになるかと思います。しかしこれは、どうもありそうであり得ない可能性かと思えます」

「ほう。貴殿の洞察に感嘆しておったのだが、その可能性があり得ないのはなぜか」

「迷宮というのは、どんなに経験豊かな冒険者がバランスのよいパーティーを組んでたっぷりの消耗品を準備したとしても、長期間潜伏できるような場所じゃありませんわい。まして人にみつからんように隠れるなど、とても無理です」

「ふむ。〈竜殺し〉を二度も成し遂げた貴殿が言うのだ。その通りなのであろうな」

「かといって、迷宮から持ち出すわけにもいかんでしょう。これほどのお品なら、最上級の刻印があることは当然です。つまり〈ザック〉に入れても隠せない。迷宮を出たとたん発見されてしまう。こちらのすきを突いて迷宮を出て、すぐに他の迷宮に入ったとでもいうなら別ですが」

「それはない。二人の刻印術師によって常時監視しておる」

「行き届いたお手配りでいらっしゃる。地上に出たが最後、たとえ移動の魔術で大陸の端まで逃げたとしても、優秀な刻印術師なら探知できますな。そこまでは相手にもわかっとるはずです。ただし呼び戻しの術までかけてあることは知らないかもしれませんな。とすると手に入れた腕輪で何かをしでかすつもりかも……いや、それは無理でしたな」

「さよう。あの腕輪には、女神により特殊な制限がかけられておる。当家の当主か、当主が心から認めた者にしか、効果を発動できぬ」

「え？　後半部分については、はじめて聞きましたわい。まあ、いずれにしても、他人に使えないことは広く知られとりますからな。所有印の履歴は消せませんから、売ることもできん」

「うむ」

「他にたくさん高価で優れたアイテムがあるのを無視して、使うことも売ることもできない品だけを持って、やがて発見されるに決まっているのに、迷宮に隠れ続けているというのは、不自然すぎます。どう考えても利口なやつのすることじゃない」

まあ、お貴族様ってのは、とても利口とはいえないことをしょっちゅうなさいますがね、と心のなかで付け加えた。家宰も同じことを考えていたと知ったら、ローガンは大声で笑ったろう。

「すると、どうなるのか」

「今回のことについて、真相はこうだったんだろうという予測は今は立たんということです。だから、いろいろの小さな可能性を念頭に置いて、一つ一つつぶしていかなくちゃならんと思います」

「そのいろいろの可能性というのを整理してみていただけるか」

「まず、パーシヴァル様が、深い階層で想定外に強力なモンスターの集団がいる所で腕輪を落としなすったが、独力では取り戻しにくいので、いったん上に上がってこられて、何か異常な出来事で命を落とされたというような可能性です。この場合、九十階層台にお品があると考えられます」

「ふむ。それから」

「誰かがお品を持って隠れている可能性です。この場合、できるだけ深い階層に逃げるでしょうな」

「なるほど。そうであろうな」

「それから、パーシヴァル様が六階層で命を落とされたあと、モンスターが持ち去ったか、拾得者たちが途中で落としたという可能性です。この場合は、一階層から六階層のあいだにお品があることになります」

「うむ」

「あと、これはほとんどないような可能性ですが、お品を持ち去った者が、ここの迷宮からよその迷宮に直接瞬間移動して、今もそちらに潜伏しているかもしれません」

「なに？　迷宮から迷宮に瞬間移動することなぞ不可能であろう」

「不可能じゃあありません。できる魔法使いを知っとります」

「なんと」

「他に同じことができる魔法使いがいるという話は知りません。しかし、一人目がいる以上、二人目が出てこんとはいえません」

「ううむ」

ここまで事態を整理してみて、まず何をすべきかがはっきりした。

刻印術師を連れて六階層まで下りてみるべきである。

迷宮の外から迷宮のなかを探査することはできないが、迷宮一階層に行けば一階層内の探知ができるし、二階層に行けば二階層内の探知ができる。

「その二人の刻印術師殿は、今どちらに？」

「一人は当家で休息中である。もう一人は馬車のなかで待たせておる」

「ご用意が行き届いておられる」

では、すぐに迷宮に参りましょうと言いかけて、ローガンは思い出した。

今、迷宮で起きている事態について。

「家宰様。今度はこちらの事情をご説明いたします」

ローガンは、奇妙なミノタウロスのことを話した。そして、三人の冒険者とパーシヴァルの死の謎を解くべく、ギル・リンクスが探索に出ていることなどを説明した。

それに続く家宰の沈黙は、かなり長いものとなった。

そして口を開いたとき発した言葉は、ローガンの予想した通りの内容だった。

「ローガン殿。ギル・リンクス師がご探索中となれば、まずはそのご帰還を待つべきとは存ずる。しかし、勝手を申すが、まずは刻印術師を伴い六階層までを調べてみたい。この点の許しと案内人の手配を頼めまいか」

「そうおっしゃると思っとりました。ギルドには、迷宮に入っていいとかいけないとか決める権利はありません。冒険者以外の人間に対してはなおさらです。案内兼護衛については、ここにちょうどよいSクラス冒険者がおりますぞ」

ローガンは、自分を指して、にやりと笑った。

第8話　下層への挑戦

1

「ローガン殿。ここで着替えさせてもらってよいかな」

「は、はあ？　どうぞ」

メルクリウス家の家宰は、主君に会釈すると、その場で上着とズボンを脱ぎ、〈ザック〉から軽鎧《よろい》を出して手際よく着替えた。

(〈ザック〉だと！)

(この家宰は冒険者上がりか？)

(いや。そんなはずはない)

(こいつからは骨の髄まで貴族だという匂いがただよってくる)

(つまり貴族であり騎士でありながら)

(あえて恩寵《おんちょう》職に冒険者を選んだわけか)

(おっと)

(ぐずぐずしている場合じゃない)

「わしも失礼させてもらいますわい」

ユリウスとパン＝ジャに会釈すると、ローガンも服とズボンを〈ザック〉にしまい、革鎧《かわよろい》を出して身に着けた。

パン＝ジャはラックに掛けられた外套《がいとう》と帽子も〈ザック〉に収納した。そしてユリウスの外套を手に取り、ユリウスを立たせた。

2

ギルドの前にメルクリウス家の馬車が止まっていた。

馬車の横には騎士が控えている。相当腕利きの騎士だ。

「ローガン殿も馬車に乗られよ」

「いや、迷宮はすぐそこですからな。わしは歩きますわい」

「そうであるか」

少年と家宰が馬車に乗ると、ローガンは先導して歩きはじめた。騎士は何も言わず馬車の斜め後ろについた。

迷宮の入り口に近い場所で、人の邪魔にならない場所に馬車を誘導した。

馬車からは家宰と魔術師風の男が下りてきた。御者は御者台から動かないし、騎士は馬車のドアの前に立った。つまりユリウス少年はここで待つのだ。

「ローガン殿。この者はスカントと申す。刻印術師だが、多少は攻撃魔術も使えるし、対魔法防御魔法が使える」

「それは心強いですな」

家宰は〈ザック〉から長剣を取り出して佩《は》いた。

（すごい風格だのう）

（Aクラス上位）

（いや、ひょっとするとSクラスなみかもしれん）

ローガンも〈ザック〉からバトルハンマーを取り出した。

「さて。行きましょうか」

「うむ」

ローガンが迷宮の入り口目指して歩きはじめると、斜め後ろに家宰がつき、その後ろに刻印術師がついた。不思議なことに、三人の歩みにはある種の一体感がある。

（この三人なら）

（六階層どころか）

（九十階層でも探索できるかもしれんて）

（久しぶりに血が騒ぐわい）

「おおっ」

突然、刻印術師が声を上げた。

迷宮から誰かが出てきた。その影はひどく小さい。

（なんであんなこどもが？）

迷宮一階層には恩寵職がなくても入れる。だから食い詰め者が銅貨めあてに一階層に踏み込むことはある。

そういう者は、たいてい死ぬ。

一階層のモンスターであるとげねずみは、敵意を向ける相手に襲いかかる。よほど戦いに慣れた者でなければ、のべつまくなしに敵意を振りまいて、無数のとげねずみにたかられて、かじり殺される。

ミケーヌの街では、親がこどもをしかるのに、言うことを聞かないと迷宮の一階層に放り込むぞ、と言うのである。

ローガンがいぶかるうちに、刻印術師がこどもに駆け寄る。

黒い目と黒い髪をした、七歳か八歳くらいの少年だ。顔も体も薄汚れて傷だらけである。右手にぼろぼろのナイフを、左手に腕輪を持っている。

「あった！　ありましたぞっ」

こどものそばに駆け寄った刻印術師が叫ぶ。ローガンと家宰もこどものすぐそばまで歩み寄った。

（ほう）

（このこども）

（三人のこわもてに取り囲まれてるってのに）

（警戒はしていても）

（おびえがないわい）

家宰が身をかがめてこどもと目線を合わせた。

「すまんが、その腕輪をみせてもらえぬか」

少年は、すっ、と腕輪を差し出してきた。

それをひとしきり眺めた家宰は、腕輪をいったんこどもに返し、立ち上がって馬車のほうに合図をした。

騎士がユリウス少年を連れてやってくる。

家宰は若い主君に礼をした。

「この少年がアレストラの腕輪を持っておりました」

ユリウスの目が輝いた。

家宰は片膝をついてしゃがみ、目線を少年に近づけて言った。

「私はパン＝ジャ・ラバンという。そなたの名は？」

「パンゼルといいます」

少しも臆するところのない、しかし礼儀正しい物腰である。

かすかに家宰の口元がゆるんだような気がした。

「そなたは迷宮でその腕輪を手に入れたのだな？」

「はい」

「どのようにして手に入れたのか、教えてもらえるかな」

「ぼくは、病気の母さんのために銅貨が欲しくて、迷宮の一階層に入っています。今日が三度目です」

（三度目だと！）

（なら偶然生きて出られたわけじゃない）

（ということはこのガキは）

（ターゲットにしたとげねずみには敵意を向けながら）

（周りにいるとげねずみは無視してのけたことになる）

「今日二匹目のとげねずみを倒すと、二枚も銅貨が落ちました。それを拾って顔を上げると、目の前にいたんです」

「何がいたのかな」

「怪物です。たくましい人間のような体を持ち、牛のような頭と角を持っていました」

「それはミノタウロスと呼ばれているモンスターではないかな」

「そうなんですか？　名前は知りません。右手に短剣を、左手にこの腕輪を持っていました」

「短剣と腕輪……か。それで、どうなったのだね」

「戦わなければ殺されると思いました。だからナイフを構えて飛びかかりました」

「ほう」

（飛びかかっただと？）

（普通のミノタウロスでも）

（一般人がみたら小便ちびる恐ろしさだ）

（しかも今回のミノタウロスはどう考えても特殊個体だ）

（それに飛びかかっていったってのか？）

「ぼくの身長では、足のこのあたりにしか届きませんでした」

こどもは、自分の足のふくらはぎを腕輪でたたいてみせた。

「力を使い果たしたぼくは、そのまま気を失ってしまいました」

「なに？　それで？」

「目が覚めると、台のようになった岩の上に寝ていて、おなかの上にこの腕輪があったんです。高そうな腕輪なのでお金になるかなと思って。迷宮の外に出たら、あなたたちに話しかけられました」

こどもの話はそれで終わりのようだった。

「この腕輪はそなたが迷宮から持ち帰った物ゆえ、迷宮の習いにより、そなたの所有物となる。が、この腕輪は、これなる若様の父君ご愛用の品にして、わが家の家宝たるべき品なのだ。しかるべき値《あたい》で譲り受けたいが、いかがであろうか」

パンゼルと名乗ったこどもは家宰の目をみつめ返し、次にユリウスをみた。

「この腕輪は、あなたのお父さんの物ですか？」

ユリウスは、うなずきつつ、うん、と返事をした。

ユリウスはパンゼルより少し体が大きいし、たぶん年も少し上だ。だが、パンゼルのほうがおとなびてみえる。

「では、腕輪はあなたにお返しします。お金はいりません」

パンゼルはユリウスに腕輪を差し出した。

ユリウスは、はじけるような笑顔をみせて、腕輪を受け取った。

「ありがと、パンゼル殿」

家宰がローガンに目配せをして、少し離れた場所に誘導し、小声で話しかけた。

「ローガン殿。腕輪が戻った。助力に感謝する」

「いえ。わしは何もしとりません」

「貴殿の協力でしかるべく対処をするなかでこの結果が得られたのだから、やはり貴殿の助力には価値があった。ところで、腕輪が戻ったことを取り急ぎ家に戻ってご報告せねばならぬ」

誰に報告するのかといえば、たぶん天剣の妻だろう。つまりユリウスの母親だ。王家の血を引く姫のはずである。

「なるほど。ごもっともです」

「パーシヴァル様が亡くなられたことは、もう多くの冒険者が知っているのであろうな」

「いえ。アイテムを拾った冒険者たちには、落とし主の情報は与えておりません。ギルドの職員たちには箝口令《かんこうれい》を出しております。なんといってもパーシヴァル様が亡くなられたとしたら大事件です。もし間違いだったりしたらえらいことになる」

「なんと。それはかたじけない。痛み入る」

「ただ、こういうことは隠していても段々と噂《うわさ》になるもんです。あのアイテムの落とし主が相当な身分のかただということは、隠しようがありません。貴族で冒険者なんてやってる人は、そうはおりませんから、推測するやつはするでしょう」

「それはかまわぬ。ただ、パーシヴァル様の死はギルドから正式には発表しないでいただけるとありがたい」

噂はどれほど広がっても噂だ。ギルドが公式に天剣の死を認め、それが王宮に知られると、メルクリウス家は困るのだろう。

「それはいいんですが、遺族からアイテム買い取りの申し出があったことは、拾得者たちに言わんわけにいかんです。名前を伏せることはできます」

「ローガン殿。当家では病死として届け出る。そして、ユリウス様が問題なく家督を継承なされるよう、多少の根回しをする」

「なるほど。わかりました。パーシヴァル様が迷宮で亡くなられたことを、うちのギルドが公式に認めることはいたしません」

「かたじけない」

家宰は深々と頭を下げたあと、言葉を継いだ。

「明日、家臣を二名差し向ける。刻印術師のスカントも一緒に。その者たちを六階層まで案内してくれる冒険者を手配してもらいたい」

「承知しました」

ローガンは天剣本人から聞いたことがあるのだが、これまで公式行事や参内をサボるについては、病気のためと理由を届け出ており、パーシヴァルは書類上「病弱」ということになっているらしい。迷宮に籠もっていたことは、宮廷でも周知の事実であるだろうけれども。

3

家宰はパンゼルに住まいの場所を聞き、生活ぶりを聞き出していた。そして、腕輪の礼はあらためてするがこれは約束のしるしだと言って銀貨を一枚渡していた。

それにしても、どうしてお金はいらないのかという質問に、パンゼル少年は、

「だって、お父さんの物が人の物になっていたら、悲しいです」

と答えていたが、そんな経験があるのだろうか。

いずれにしても、この家宰なら悪いようにはしないだろうとローガンは思った。

そのあといくつか打ち合わせをして一行と別れ、ギルド事務所に戻った。

ギルド長執務室の机には、これでもかとばかりに書類が積まれていた。

（わしがいなくても事務長なら）

（こんな仕事の八割は片をつけられるはずなんだがなあ）

その夜は遅くまでかかって仕事をこなした。

翌日の朝となった。

出勤したローガンを、メルクリウス家の使いが待っていた。

使いは、買い戻し品のリストを持ってきていた。

家宰は、消耗品以外のほとんどを買い戻す気になったようだ。

（あのユリウスってぼうやが）

（お父様の遺品はみんな取り戻してください）

（とか何とか言ったんだろうな）

査定を待たず、金額まで書き添えてあった。普通に査定するより高い値段を付けている。めんどくさいことはいいから早く買い戻したいということだろう。

（すげえ値段を付けてるなあ）

（これなら拾得者から文句は上がらんだろう）

そのなかでもライカの指輪、エンデの盾、ボルトンの護符の三つの恩寵品には、びっくりするような高い値が付けられている。だが、ローガンは、それでも本来の価値からすればずいぶん安い値なのではないかと思った。

（エンデ）

（エンデ）

（どっかで聞いたことがあるような気がするんだがなあ）

（待てよ）

（ゴルエンザ帝国の東方で信仰されている竜神が）

（たしかそんな名じゃなかったか？）

約束の時間通りに、メルクリウス家の騎士二人と刻印術師がやってきたので、待たせておいたベテランスカウトに引き合わせた。中層なみの手間賃を払うことに家宰が同意したので、よい案内役をすぐにみつけることができたのだ。

一行を送り出したあと、書類の山に向かった。だが、いろいろなことが心をよぎって、仕事に集中できなかった。

パンゼル少年の証言からすると、アレストラの腕輪はやはりミノタウロスが持っていたと考えられる。不思議な話ではあるが、考えてみれば一番納得できる結末でもある。

もっとも、そうすると、やはりパーシヴァルを倒したのはミノタウロスなのか、ということになってくる。

ミノタウロスが持っていたという短剣がカルダンの短剣なのだろうか。

斧《おの》ではなく短剣を持つミノタウロスというのは、ひどく想像しにくい。

思いをめぐらせていると、いつのまにか夕刻になっており、メルクリウス家の騎士があいさつに来た。

結局十一階層まで探索したが、刻印をほどこしたアイテムはみつからなかったという。

「ギル・リンクス殿から、探索のご報告はありませぬか」

「まだ何も言ってきませんわい。王宮にいろいろ用事があったようだし、こちらに顔を出す時間が取れんのでしょう。何か言ってきたら、家宰様にご報告します」

「よろしくお願いする」

ユリウスの命で、一行は六階層に花束を置いてきたという。

結局何もわかっていない。

何も解決していない。

だが、ありがたいことに、このミノタウロスは、めったに人を襲わないようだ。

なにしろ、数多い目撃証言のすべてで襲ってこなかったことが確認されている。

攻撃を仕掛けたパンゼル少年さえ無事だったのだ。

人を襲わないミノタウロスというのは、それはそれで奇怪であるが。

とにかく、あせってもしかたがない。

「一杯飲《や》るか」

棚から焼き酒を出し、椀《わん》の入った引き出しを開けた。

椀の手前に、セルリア貝が置いてある。忙しさにかまけて結局まったく確認していなかった。ギルが死ぬわけはないから、確認するといっても、むだなことなのだが。

引き出しを開けた瞬間、ローガンは凍りついた。

そこには確かにセルリア貝があった。

そして、ギルの命を映す青紫の光は失われていた。

愕然《がくぜん》としたローガンは、震える手で貝殻を持ち上げようとした。

力加減を間違えたか、その指先で貝殻は砕け散った。

世界が崩れていくような気がした。

4

パン＝ジャ・ラバンの心は喜びと期待に満ちていた。

当主パーシヴァルを失ったことは痛恨の極みではある。しかしパーシヴァルは、その思考もありようも巨大にすぎて、パン＝ジャのような常識人には推し量ることさえできなかった。

戦うことしかできない無骨な貴族だとパーシヴァルをみる者は多い。その者たちは、何もわかっていない。パーシヴァルほどすぐれた洞察力と政治感覚を持った貴族は、この国にいないのではないかと思えるほどの人物だった。ただし熟慮のすえ、パーシヴァルはその能力を発揮しない道を選んだのだ。それがこの国の安寧のためだと判断したからだ。

迷宮探索はパーシヴァルの趣味であり、隠《かく》れ蓑《みの》だった。趣味に生き、趣味に死ねたのだから、本望だろう。とにかくパーシヴァルは、あれこれパン＝ジャが心配して守らねばならないような存在ではなかった。

パン＝ジャの最も重要な使命の一つは、ユリウスを支える家臣団の養成にある。それなりの陣容が整ってきてはいる。武芸や知力や知識にすぐれた者、何らかの技術に長じた者たちが集ってきており、全体としての連携もできるようになってきている。しかし家臣団全体をみわたしたとき、いまひとつ線の細さが不満だった。

そこに現れたのがパンゼル少年だ。

まだ幼くはある。どのような能力を開花させるか未知数ではある。しかしこの少年こそ自分が探し求めていた人物だと、パン＝ジャは直感していた。

パーシヴァルが死に、その遺品のなかにアレストラの腕輪がみあたらないと知ったとき、パン＝ジャは困惑を覚えた。

パーシヴァルが、そのようなことをするわけがないのだ。腕輪を紛失し、愛《いと》しいユリウスを窮地においやるようなことを、あのパーシヴァルがするわけがないのだ。

だから迷宮の入り口でアレストラの腕輪を持ったパンゼル少年と出会ったとき、ああ、これはパーシヴァル様が差し向けてくださった少年なのだ、腕輪はその証《あか》しなのだと知った。迷宮を愛したパーシヴァルが、迷宮でみつけた少年なのだと思った。

少し話をしただけで、少年の人品がすぐれたものだとわかった。そして今パン＝ジャは、少年をメルクリウス家の家臣として迎えるため、少年の母に会おうとしている。

パンゼル少年は留守だった。

家には母が一人でいた。

母親はベッドから起き上がり、パン＝ジャを迎え入れた。そしてパン＝ジャが名乗ると、主君に対する礼をもってパン＝ジャを拝したのである。

「お会いできることがあろうとは思っておりませんでした。アドル・ス・ラ・ヴァルド様」

パン＝ジャは、天と地が逆さになったかと思うほど驚いた。

その名を覚えている者がいることが、まず不思議であり、まだ生きていると考える者がいること
は、さらに不思議だ。

まして自分がそうだと知る者など、いるはずがなかった。

だがこの女性は知っている。

「わが夫は、エイシャ・ゴランの孫にございました」

なんということだ。では、パンゼル少年は、エイシャ・ゴランの曾孫《ひまご》なのだ。すべてをなげうっ
てパン＝ジャを生き延びさせてくれた、あのエイシャ・ゴランの。

さしものパン＝ジャ・ラバンも言葉を失い、しばし呆然《ぼうぜん》とたたずんだのである。

5

ミノタウロスは、五十階層のボス部屋にいた。

最上階層にたどり着き、下層を目指すことを決意したとき、短剣は左肩の上の収納庫にしまい、

人間三人と戦ったときに得た長剣を取り出して右手に持ち、進撃を開始した。

とにかく階段を探して下に下りてきた。

いくつかの階ではボス部屋に足を踏み入れたが、ミノタウロスの飢えを癒やす強敵はおらず、やっと手応えが出てきたのは、三十階層あたりからだった。

この五十階層のボスは、巨大なリザードマンだった。

両手にシミターを持ち、威力と速度と技巧のある連続攻撃を仕掛けてきた。すきあらば足蹴りや頭突きも飛び出すし、尻尾は恐るべき威力を秘めていた。

ミノタウロスは、ひどくこの敵が気に入った。長時間の戦いを楽しむうちに長剣が折れたので、三十階層のボスから得た巨大な棍棒《こんぼう》で、とどめを刺した。

棍棒も悪くない。しかし、ミノタウロスの興味は、剣に向いていた。

あの剣士のわざが目に焼き付いて離れない。剣こそは高みを目指すものの武器だと得心せざるを得ないわざだった。

だが剣は、刃先がもろい。棍棒との打ち合いで相当刃こぼれが生じていた。

そして折れやすい。ミノタウロスが渾身《こんしん》の力を込めて振れば、普通の剣では折れるしかない。

大きく、重く、頑丈で、思いきり振り回して相手をたたき切ることのできる剣が欲しいと思った。

リザードマンが消えたとき、持っていた二本のシミターも一緒に消えたが、あとに、より大きく、より美しいシミターが現れた。

ミノタウロスは、座り込んで、しげしげと戦利品を眺めた。

もう少し大きく、もう少し重ければなあ。

だが、美しい剣だ。

強い力を感じる。

ミノタウロスは、そのシミターを、当面の武器にすることに決めた。

少し考えたあと、右手にシミターを持ったまま、地面に置いていた棍棒を左手に取った。

右手に、刀。

左手に、棍棒。

ミノタウロスは、リザードマンの二刀流の剣技を思い出しながら、この二つの武器を両手に持って戦うおのれの姿を思い描いてみた。

気配がした。

ミノタウロスが首をめぐらせて入り口のほうをみると、六人組の冒険者が部屋に入ってくるところだった。

盗賊剣士、剣士、魔法使い、アーチャー、神官戦士、魔法戦士という組み合わせである。油断なく戦闘隊形をとりながら、言葉を交わしている。

「おい。あの転送屋、五十階層と十階層を、間違えやがった」

「いや、そんなはずないって。部屋の外は確かに五十階層だったよ」

「じゃ、なんで、牛頭がいるんだよっ」

「うーん。持ち場を交換したのかなあ」

「お、なるほど。モンスターだって、同じ部屋で同じように殺され続けたら飽きるもんなあ。たまには、ちがう部屋で、ちがうレベルの冒険者に殺されたいよなあ。って、あほかっ」

「どうでもいいけど、こいつ、ミノタウロスと思えない強さだわ」

「そうだねえ。それに、くれる物くれるんなら、牛頭だろうがトカゲ野郎だろうが、どっちでもいいさね」

「いや、ミノは、ドロップしょぼいですから」

「ほっほっほ。そうでもないようじゃ。みなされや。右手には鮮血のシミターを、左手にはタートルクラッシャーを持っておる」

「恩寵品が二つですか。しかも、片方はレアドロップ。なかなか、もてなしの心を知ったミノタウロスですね。アースバインド」

冒険者たちは、むだ口をたたきながら、じりじりとミノタウロスとの距離を詰め、最適な距離に入った瞬間、いきなり戦闘を開始した。

指示も打ち合わせもなくこうした行動が可能であるのは、このパーティーの連携が練り上げられていることを示している。

ミノタウロスは、足止めの魔法が発動する瞬間にごく小さく跳躍し、発動を不発に終わらせる。

魔法使いは短く詠唱して、まず盗賊剣士に、次に剣士にヘイストをかける。

攻撃速度と移動速度を上昇させる付与魔法である。

盗賊剣士は、ミノタウロスの左側に回り込むと、左手でフラッシュ・パンチを投げつけ、右手で脇腹めがけてサーベルの小刻みな突きを仕掛ける。

神官戦士は、奉ずる神に祈りを捧《ささ》げつつ、剣士に息を吹きかけた。わずかな時間、魔法防御と物理防御を大きく上昇させる魔法である。

ぱぱぱぱぱぱっ。

ミノタウロスの顔のすぐそばでフラッシュ・パンチが発動し、続けざまに破裂音を発しつつ小さな閃光《せんこう》がはじける。ただそれだけのアイテムであるが、動物系のモンスターはこれをいやがる。

ところがこのミノタウロスは、閃光にも破裂音にもまったく頓着せず、左手の棍棒を振って盗賊剣士を牽制《けんせい》した。

同時に右手のシミターを斜めに振り下ろし、剣士の首を斬り飛ばす。

シミターの軌道が空中で直角に曲がり、神官戦士の左肩を切り裂く。

ミノタウロスが頭をかがめ、その頭上を魔法矢が通り過ぎる。

しゃがんだ反動で前方に飛び出す。

魔法戦士の放ったファイアー・ダガーが顔と胸に突き立つが、かわしも防ぎもせず、これを受け止める。あまりダメージも受けていない。

ずっと後方で、魔法矢が泉に着弾し、巨大な水柱が上がり、大量の蒸気を生み出した。

棍棒が石ころをはね飛ばす。

低く突進して、二本の角で魔法戦士の体をとらえる。

石ころの弾丸が、青ポーションを補給しようとしていた魔法使いの腹を直撃する。

魔法戦士を頭に縫い止めたまま、なおも前に突進する。

追いついた盗賊剣士のダガーが背中に刺さるが、すぐに抜け落ちた。

ミノタウロスは、ポーションを取り落とした魔法使いにシミターを向ける。

アーチャーが二本目の魔法矢の魔力を発動させ終わった。

ミノタウロスが、直進から右前方へと、進行方向を急転換する。

ミノタウロスの前の魔法使いと、頭にかつがれた魔法戦士が邪魔で、アーチャーは矢を発射できない。

シミターが魔法使いの胴体を上下に斬り分ける。

棍棒が唸《うな》りを上げて、アーチャー目指して投擲《とうてき》される。

「コール！」

後ろで、神官戦士が唱えた。

すると、アーチャー、魔法戦士、盗賊剣士が、神官戦士のもとに瞬間移動する。

近距離限定のパーティーメンバー召喚スキルである。

あっというまに二人を失ったパーティーは、この敵には勝てないと判断する。

四人は手持ちの目くらましアイテムを総動員して、戦線を離脱して逃げたのであった。

6

「何言ってるんだい！　こっちは二人も仲間を殺されたんだよ！　あんな危険なやつがボスになってるんなら、なんで五十階層への転送を頼んだときに教えてくれなかったんだ！」

「まことにお気の毒です。あらかじめ迷宮全般の情報を買っていただければ、当然、最近話題になっているミノタウロスのことは、お教えしました」

「なら、なおさらさ！　情報を買えって、ひと言教えてくれたらよかったじゃないか」

「今このミケーヌの街では、こどもでもミノタウロスのことは知っております。まして冒険者となれば、どんな駆け出しでも情報を持っております。あのミノタウロスは、こちらから攻撃しない限り襲ってくることはないというのは、すでに常識となっております」

「知らないよ、そんなことは！　こちとら、この迷宮に入るのは二年ぶりなんだ！」

「五十階層に達していることは、当ギルドでも把握しておりませんでしたが、それもおそらく一時的なことで、順次下の階層に移動していくものと思われます。たまたまミノタウロスが五十階層のボス部屋にいたときにそこに突入なさったのは、不幸なことでした」

「そのせいで、こちらは、強敵と知らずに突っかかっていったんだよ！　どうしてくれるのさっ」

「では、はっきり申し上げます。これは、久しぶりにこの街に来たのに、何の下調べもせずいきなり五十階層に挑んだ、あなたがたの油断による失敗です。ボス部屋にいたのがリザードマンではないと気づいた時点で、引き返すこともできたはずです。あなたがたが攻撃するまで、ミノタウロスからは仕掛けてこなかったでしょう？　これは、あなたがたがご自分で選び取った危険です。迷宮への挑戦は自己責任で行うものなのです」

アーチャーのディーディットには、事務長に言い返す言葉がなかった。

このパーティーは、もともとこの街で腕を上げ、五十階層のボスを倒したのを機に、他の迷宮を探索しに旅に出たのだ。

迷宮探索のほか、さまざまな依頼もこなした。経験を積み、クラスを上げ、よい装備も手に入れた。

久々にこの街に帰ってきて、帰還の景気づけにと、ギルドを訪ねるなり、いきなり五十階層への転送サービスを頼んだのだ。

負けるはずがないと思い込んでいた。

自分たちは強くなったと信じていた。

だから、どこに行っても最初に行う情報収集を、今回だけ、まったく行わなかった。

五十階層のボスのことは、よく知っているから。

油断があった。

慢心があった。

そのせいで、ずっと一緒に冒険をしてきた二人の友が死んだ。

ディーディットは抗議と非難の言葉を失い、じっとこぶしを握り締めながら悔しさをかみしめるほかなかった。

7

そのころ、ミノタウロスはといえば、まだ五十階層のボス部屋にいた。

リザードマンとの戦いが気に入ったのと、もう一本シミターが欲しかったので、再出現を待っているのである。

岩壁にもたれて、先ほど戦ったパーティーのことを思い出していた。

やつらは油断していた。

こちらの力を低く考えていた。

だから戦いを有利に進められた。

しかし、油断していなかったら、どうだったろう。

一人一人はそれほどの強さでもなかったが、あの連携というものはまことにたいしたものだ。

人間は、わざの種類も多い。

新しいわざを、いろいろみせてもらった。

やはり人間は面白い敵だ。

ミノタウロスは、次の人間との対戦を楽しみに待つことにした。

相変わらず飢えは感じていたが、その飢えすらも楽しみの一部となっていた。

第9話　討伐依頼

1

結局、それから五回、ミノタウロスはリザードマンを倒した。

ドロップはいずれも、切れ味はよいが恩寵《おんちょう》のない平凡なシミターであった。

しかしスキルドロップがあった。人間が、〈武人の守り〉と呼ぶスキルだ。意識して停止しない限り常に発動していて、体の強度と魔法抵抗を強め一定の割合で体力が回復していくという、使い勝手のよいスキルである。

それ以上にミノタウロスは、剣のわざを学べたことに満足していた。人間以外で、剣の奥深さをはじめて教えてくれた敵であった。

死んだ人間からは良質な長剣と、各種のポーションなどが得られた。

それからミノタウロスは、下へ下へと階層を下りていった。

五十階層から下では、すべてのボスと闘った。

人間たちとも戦いになることが多かった。

しばらくは、鮮血のシミターとリザードマンシミターの二刀流で闘った。

リザードマンの動きを思い出しながら、さまざまなわざを工夫した。

五十二階層では三人組の人間と戦い、一人を殺し、ハルバードなどを手に入れた。

五十五階層のボスを撃破したときには、〈突進《チャージ》〉というスキルを手に入れた。ミノタウロスに非常に相性のよいスキルであり、突破力が格段に増大した。

また四人組の人間と戦い全員を殺して、炸裂弾《さくれつ》などのアイテムを得た。

いささかシミターに飽きてきたころ、収納庫をあさっていて、冒険者を倒して得た恩寵付きバスタードソードが目についた。

なぜかひどくなじむ気がして、この武器を使うことにした。

なじむのも当然である。なぜなら、この恩寵付きバスタードソードは、ミノタウロスからごくまれにドロップする品なのだ。ミノタウロスは他のミノタウロスに出会うことはないのだから、自力では決して手に入れられない武器である。

階層ボスが相手であれ、人間が相手であれ、五十階層から下ではらくな戦いなどなかった。時には死ぬ寸前まで追い詰められ、傷つき倒れながら敵を倒し、新たな力を手に入れていった。

六十二階の回遊モンスターであるワンアイド・ゴーストは倒し方がわからず苦戦した。何度も何度も敗退を繰り返し、ついに収納庫のなかから取り出した属性付きの武器で倒せることを発見した。

この少し下の階層で〈砕け散る息〉というスキルを手に入れてからは、非実態系のモンスターに苦戦することはなくなった。

六十二階層で出会った人間には苦戦した。盾というものの恐ろしさと有用さを教えてくれた戦いだった。

八十階層ボスのマンティコアから恩寵付きツヴァイヘンダーがドロップしてからは、これが主武器となった。

重量感と破壊力は申し分なかったが、重心が先に寄りすぎ、また、全体の作りも大味で、微妙なコントロールがしにくいと感じた。自分に本当にふさわしい武器は、まだ他にあるような気がしていた。

鎧《よろい》や小手、盾、靴をはじめ、冒険者たちが目の色を変えるような恩寵品をいくつも獲得したが、ミノタウロスは防具にはまったく関心がなく、無造作に収納庫に放り込むばかりだった。

首輪や指輪、腕輪などの装飾品や、剣以外の武器なども同様である。

ポーションや各種のブーストアイテムには興味を示し、使うこともあった。

防具を使わず戦い続けることで、ミノタウロス自身の物理防御力と魔法防御力は強化され続けた。

襲ってくる冒険者たちの遺品も、目についた物は収納していた。

冒険者から得たアイテムのなかでミノタウロスが長く愛用したのは、一本のベルトである。あるパーティーと闘ったとき、魔法戦士が、ベルトのホルダーからポーションを次々に取り出して飲んでいた。どうしてあんなにたくさん入れられるのかと不思議に思ったので、相手を殺してから調べてみた。

そのベルトは、ホルダーに消耗品を入れてそれを使うと、収納庫に同じ品があった場合自動的に補給する機能を持っていたのである。

そのうえ、このベルトには、移動速度を一割、体力を二割増加させる恩寵がついていた。ミノタウロスはひどくこのベルトが気に入り、以後常用した。

ホルダーのうち二つには、炸裂弾を入れた。

投げつけたら爆発するというだけの投擲《とうてき》武器であるが、下層に来る人間がよく所持しているので、補給がしやすかった。これを人間相手に使用すると、相手がびっくりするのが楽しかった。乱戦の中で後衛の魔法使いにうまく当てられるように技術を磨いた。

その後九十階層のボスであるキメラと戦った。キメラの通常ドロップは爆砕剣である。要するに剣の形をした爆弾なのだが、炸裂弾より威力が強く、より遠くに、より正確に投擲することができる。

人間の冒険者からは〈はずれドロップ〉と呼ばれているこのアイテムを気に入って、ミノタウロスは立て続けに二十回以上キメラを殺して爆砕剣をストックした。

人間がモンスターを倒せば経験値が入るが、人間が人間を倒しても経験値は入らない。

ミノタウロスの場合、ちょうどこの逆で、人間を倒せば経験値が入ったが、モンスターを倒しても経験値は入らなかった。

しかし、レベルアップをもたらす経験値は入らなかったとしても、モンスターとの対戦は、武器やスキルの熟練度を上げ、さらに判断力などの総合能力を上げてくれた。

モンスターは、それぞれまったくありようがちがう。

相手の攻撃を受け止めて耐え、あるいはかわし、相手の特性を分析し有効な攻撃を選び、その精度や威力を研ぎ澄ます。そして、殺す。

強力な敵に出会い、それを倒せる自分になることは、ミノタウロスの喜びであり、存在する意味そのものであった。

また、モンスターからのスキルドロップという恩寵は、ミノタウロスにも与えられた。

高熱の息を吐くスキル。

クリティカル攻撃を受ける確率を減らすスキル。

クリティカル攻撃の確率を上げるスキル。

階層内の敵の位置や種類を探知するスキル。

その他多くのスキルを身につけていった。

人間が習得できないスキルも多かった。

ハウリングもランクアップを重ね、別物と思えるほどの強力な攻撃になった。

人間との戦闘は、経験値の獲得という以外にも貴重な勉強の機会であった。剣の使い方はもちろん、多種多様な魔法、さまざまな武器と攻撃方法、連携のしかたなどを、ミノタウロスは人間から貪欲に吸収していった。

2

「くそっ。あの野郎」

いまいましげにつぶやきながら、ローガンは荒々しく赤ポーションを胸の傷にすりつけた。赤ポーションは迷宮の外では劇的な効果は持たないが、まったく効かないというわけではない。実のところローガンの〈ザック〉には、こんな傷はたちどころに治せるアイテムもしまってあるのだが、今は使う気にならなかった。

ことの起こりは天剣の息子と家宰がやってきた日から七日ほどのちのことだ。

メルクリウス家の夕食に招待された。

使者の口上によると、パーシヴァルの思い出話を聞かせてもらいたいということだった。

それはたぶん、ユリウス自身が望んだことなのだろう。

ローガンはこの申し出を承諾し、メルクリウス家を訪ねてパーシヴァルの若いころの活躍について語った。ユリウスは目を輝かせながら聴き入っていた。酒も料理もうまかった。

その部屋にはパンゼルもいた。やはりメルクリウス家で雇用したようだ。いや、ただの雇い人ではない。家宰はこの少年を常に手元に置いているようだ。鍛えればものになる素材だと考えたにちがいない。その点、ローガンもまったく同感だった。

招きは一度ではすまず、二度、三度と重なった。ユリウス少年は、毎日でもローガンを呼びたいようだったが、いくら王都とミケーヌが目と鼻の先の近間だといっても、ギルド長の仕事は多く、そうそう出かけてはいられない。せいぜい七日に一度か十日に一度の訪問となった。もう十回は超えているだろう。

前回の訪問のとき、ローガンの武器がバトルハンマーだと聞いたユリウスが質問した。

「バトルハンマーとは、どういう武器なのですか?」

家宰の許しを得て、ローガンは現物を出してみせた。それに家宰が解説を加えた。

「わざはいりませんが、威力はすさまじく、大力《たいりき》の戦士でなくては扱えません」

この言い方に、ローガンはかちんときた。

「へえ。わざはいりませんが、だと。そんならわざをみせてやろうか」

闘技場に場所を変え、ローガンはパン＝ジャ・ラバンと対峙《たいじ》した。パン＝ジャは長剣を使った。

もちろん勝負はローガンの勝ちだった。剣を三本たたき折ってやり、あばら骨を二、三本へし折ったところで、家宰は降参した。

ところが昨夜、食事のあと、家宰は性懲りもなく挑戦してきた。しかもおとなげなく、家宝だか何だか知らないが、やたら頑丈な長剣を持ち出してきた。

信じられないことに、その長剣は、ローガンのバトルハンマーとまともに打ち合わせても折れなかった。それで剣を折ることにむきになったのがいけなかった。すきを突かれて胸を大きく斬り裂かれ、今度はローガンが降参するはめになったのである。

もちろん次回はこうはいかない。バトルハンマーのわざの本当のすごみを、あのくそじじいに思い知らせてやるのだ。

「ギルド長」

「あとにしろ、事務長。今わしは機嫌が悪いんだ」

「勅使です」

「はあ？」

「国王陛下よりの密勅を携え、スティンガー子爵がご来訪なさいました」

3

スティンガー子爵は、奇怪なミノタウロスについてギルド長の知るところを聞きたいと言った。

ローガンは知っていることを話した。

子爵は、行方不明となっているギル・リンクスについて、ことさらにくわしい情報提示を求めた。そして、ギル・リンクスはミノタウロスに命を奪われたと考えるかどうか聞いた。

ローガンは今回のいきさつについて知っていることを隠さず伝え、あのミノタウロスが大魔法使いを倒したとは思えない、と意見を述べた。

ミノタウロスがいかに特殊個体の強者であっても、ギルなら遠距離からの攻撃魔法一撃で勝負をつけることができる。防ぎようがない。

アレストラの腕輪を、ちょうどそのころミノタウロスが所持していたように思われるが、あれは天剣とその息子以外の人間には使えない。ましてモンスターには使えない。

かりに使えたとしても、直接攻撃以外にもギルにはいくらでも魔法の使い方がある。

さらにいえば、ギルは近接戦闘においても達人である。

こうしたことを述べ立てた。

「だが、ギル殿の命の波動は失われたのであろう」

「それはそうです。けれどわしには、ギルが死んだとはどうしても思えんのです。わしの目にみえないどこかに行ってるんだと思うことにしたんです」

この日は密勅の中身は明らかにならなかった。

翌日再度子爵がやってきて、王命を伝えた。ミケーヌ冒険者ギルド長の名でミノタウロス討伐依頼を出すべし、という内容だ。実際に金を出すのは王であるが、王の名は出してはならない。提示された報酬は、ギルドをいくつも買い取れるような金額であった。また、ローガンが受け取る手数料もとてつもなく高額だ。

討伐の表向きの理由は、ギル・リンクスを殺害したと思われるモンスターを討伐し、その遺産を回収することとなっていたが、おそらく本当の理由は他のところにあるとローガンは推測した。

スティンガー子爵の話だけでは情報が充分でないと考えたローガンは、ご命は承ったがその報酬は金額が高すぎて不審や不和を呼びかねないので、無理のない実施内容を考えるあいだ二日ほど待ってほしいと述べた。子爵は詳細については一任すると告げて帰っていった。

王宮のなかのことは、すぐには探りにくい。ローガンは、パン＝ジャ・ラバンに質問の手紙を出した。するとただちにパン＝ジャ自身がギルドを訪ねてきた。

「パーシヴァル様の命の波動が水晶球から失われて六十日ほどして、当家は死亡を届け出、家督相続を願い出た」

根回しなどにそれだけ時間がかかったのだろう。

「早ければ五日、遅ければ七日程度で、その願書は陛下のもとに届いたはずだ」

「てことは、およそ十日ぐらい前だな」

「八日ほど前であろうな」

「ふん。それで？」

「このことについて理解してもらうには、いささかいきさつを知ってもらわねばならぬ」

家宰の目つきは厳しい。他言無用だと念を押しているのだ。

ローガンは、しっかりした目つきで家宰の目をみつめかえし、うなずいた。

それから家宰は、推測を交えつつ、一つの物語を物語った。

4

先王の第二王妃は、娘を産んだあと王の勘気《かんき》にふれ、謹慎を命じられた。

以後、後宮の奥まった一角に、こどもともども押し込められたが、これは実は母娘《おやこ》に平穏な暮らしをさせようとする先王のはからいであった。

その思いを現王も引き継いでおり、表面上はこの異母妹をうとんじる態を装いながら、実際には深い愛情を抱いていた。

後宮の奥深くでひっそりと生涯を終えるはずの異母妹が、奇跡のような出会いをして、若者と恋に落ちた。

なんとその若者は、現王がその武勇と清廉を愛してやまぬ、メルクリウス家の若き当主であった。

若者が、恋人の正体を知らぬまま王の前に額《ぬか》ずいて結婚の許しを懇願したとき、王は生きていることの楽しさを生まれてはじめて味わう思いがした。

王は、王家からの正式の降嫁《こうか》という形を取らず、妹が有していた従属家名を使って結婚させた。王家の一族として扱わないという王の意志を示すために。

二人のあいだに男の子が生まれたと聞いたときには、喜びのあまり勅使を発しようとして、側近にいさめられた。

万一にも、その赤子が、いくつかの条件さえ整えば王位継承権第六位を主張できる立場であると、大貴族たちに思い出させてはならなかったからである。

そんな王のもとに、パーシヴァル・メルクリウスが病死したという知らせが届いた。

王は仰天して、密《ひそ》かに事情を調べさせた。

そして、パーシヴァルをミノタウロスが殺したと知った。

あの幸せそうだった妹が、未亡人となった。

今まで会うことのできなかったかわいい甥《おい》は、父のない子となった。

王にとってミノタウロスは、仇敵《きゅうてき》そのものとなった。

しかし、一貴族の仇《あだ》を討つために騎士団を差し向けることはできない。

そもそも、パーシヴァルが迷宮でモンスターに殺されたなどと、公に言うことはできない。

そこで、王家に対しても王国に対しても功績のあるギル・リンクスの死に関わったと思われるという理由で、王の資産から賞金を出してミノタウロスを討伐することになったのだ。むろん、内々のこととしてである。

「なるほどねえ」

ローガンは討伐報酬をほどのよい金額に設定して、ギルド一階の依頼板に依頼票を張り付けた。ほどのよい金額とはいっても、たった一体のモンスターを討伐する報酬としては破格であり、受注者は次々に現れた。

このときローガンは、近いうちにミノタウロスは討伐されるだろうと思い込んでいたのである。

5

下層に下りるほどに戦闘は苛烈になり、ミノタウロスは何度も死にかけた。

特に、最下層である百階層のボスと戦ったときは、無残な敗北を続けた。

それでも、鍛え直して再挑戦を続け、ついには、このメタルドラゴンを倒すことができた。

ありがたいことに、いつのころからか強い人間たちのパーティーが、立て続けにミノタウロスを襲うようになっていた。ミノタウロスは、彼らを殺し続けることでレベルを上げていくことができ、わざを学び、アイテムを充実させ消耗品を補給することができたのである。

一度倒したあとも、何度もメタルドラゴンと戦った。

強敵である、ということもさることながら、このメタルドラゴンは、倒すたびにちがう種類のすばらしい剣をドロップした。

次々と出てくる剣を楽しみに、殺して、殺して、殺し続けた。

長剣での戦い。

短剣での戦い。

スキルを多用した戦い。

長期戦。

超短期戦。

さまざまな戦い方を試した。

百回目に殺してから、メタルドラゴンは湧かなくなった。

まるで、迷宮が、メタルドラゴンに代わってミノタウロスが最下層のボス部屋のぬしとなることを認めたかのように。

ミノタウロスは、最下層のボス部屋にとどまった。

もはや戦いたいモンスターはいない。

戦うべき相手がいるとすれば、それは人間である。

人間は、次々にやってきた。

だが、ミノタウロスの飢えは、まだ治まっていない。

本当に戦うべき敵、本当に倒すべき敵は、まだやってきていない。

その敵と戦うときのために、もっともっと強くならなくてはならない。

6

ミノタウロスが最下層のボス部屋に君臨していることが判明したのは、最初にこの怪物が出現してから二年後のことである。

高額な報酬にひかれて、ミノタウロス討伐に挑む冒険者は尽きることがなかった。

不敗のモンスターの噂《うわさ》は次第に広まってゆき、遠方からも挑戦者はやってきた。

ミノタウロスに敗れて死んだ冒険者が三百人を超えたとき、ギルド長の立場上、さすがに討伐依頼を取り下げざるを得なかった。

そしてこのことの責任をとるという名目で、ギルド長を引退した。後任は事務長のイアドールである。

冒険者出身でないギルド長の誕生に冒険者たちは驚いたが、ギルド職員のあいだには、この人事をあやしむ声はなかった。

ローガンはメルクリウス家に身を寄せた。冒険者ギルド長などという忙しい仕事はやめて、メルクリウス家の食客になれと、ずいぶん前からパン＝ジャ・ラバンに誘われていたのである。成長著しいパンゼルに稽古をつけてやる楽しみもある。何よりメルクリウス家は居心地がいい。

新ギルド長のもと、時を置いて再び賞金が掛けられた。

いくつもの強力なパーティーが、この大いなるモンスターの討伐を志した。

倒れた者もあり、引き下がった者もある。

とりわけ執念を燃やしたのは、アイゼルという魔法使いである。
結局、彼も死んだ。
ミノタウロスは、サザードン迷宮最下層に、いまだ健在である。

第10話　約束の日

1

サザードン迷宮近くの、とある武器屋に、一人の行商人がふらりと入ってきた。

「いらっしゃいませ、トルモン様」

「おお、ヴィエナちゃんじゃねえか。相変わらず、めんこいねえ」

「あら、ありがとうございます」

「トルモン」

「おお、とっつぁん。おひさ」

「帰ってきておったんか」

「たった今、着いたとこなんだけどよう。聞いたぜ。ひでえじゃねえか。王宮から、とんでもねえ人数のつぶし屋どもが出たって?」

「その話か。ちょっと奥へ行くぞ。ヴィエナ、店を頼む」

「はい、店長」

「おいおい、なんだよ。こんなとこで。表じゃ話せねえのか？」

「まあ、ここのほうが遠慮なく話ができるじゃろうな。店先で騎士団を笑いものにするのは、ちとまずいからの。ふあっはっは」

「おいおい。笑っててどうすんだよ。気取り屋どもに、われらの王が、つぶしにかけられてるんだぜ」

「なんじゃ、聞いておらんのか？　討伐とやらは失敗じゃ」

「へ？　失敗ったって、昨日入ってったばかりなんだろ？」

「そうじゃ。そして、昨日のうちに失敗した」

「むちゃ早ええっ。諦めて帰ったのかよ？」

「諦めたのじゃないわい。全滅じゃ」

「ぜ、全滅う？　だって、おめえ、聞いた話じゃ五十人近い人数だとか」

「七十二人じゃな。八人編成のパーティーが八つ。転送専門が二人、回復魔法専門が二人、総合支援が二人。それに、みとどけ人が一人。総指揮官とやらが一人」

「なんじゃ、そりゃ！　なんてえ力ずくだよ」

「今までも時々、百階層のボスには、いわゆる討伐隊が出ておった」

「出てたねえ。部屋から出ねえボスを、なんで討伐する必要があんのかは、誰にもわかんねえけど。そんなひまあったら盗賊や街道のモンスターを討伐しろや」

「まあ、騎士への箔《はく》付けじゃからなあ。たとえよってたかって袋だたきでも、メタルドラゴンを倒せば、竜殺しを名乗ることができるからのう」

「いや、殺してねえだろ、全員は」

「もちろんじゃ。一パーティーの最大人数は八人じゃからな。普通は、とどめを刺したパーティー以外は竜殺しとはいわん。だからやつらは、どのパーティーが倒したかは公表せん。うまい物を食いながら、いくつものパーティーで交替で戦い、何日もかけてドラゴンを弱らせ、最後は取り囲んでめった斬りにする。疲れたり、形勢が悪くなれば、いくらでもボス部屋の外に逃げてな。そのあげく、何十人でなぶり殺しにしようが、全員が竜殺しを名乗る。倒したパーティーに属していなくてもな」

「へっ！　いったん部屋を出たら日を改めて再挑戦が定法《じょうほう》ってもんだぜっ」

「騎士や貴族どもの名誉というのは、しごく頑丈にできておるからの。その程度のことでは、びくともせんわい」

「いや、けどよう。そんな人数で、そんな卑怯《ひきょう》なまねされたら、いくら俺たちの牛頭王でもよう」

「まず、最初に部屋に入った八人が、焼け付く息で全滅した」

「はあ？　いや、意味がわかんねえ。防御魔法とか、属性対応装備とか、当然してるよな？」

「してなかったんじゃな。なぜじゃと思う？　そんな攻撃があるとは思っていなかったんじゃと。ミノタウロスの特殊攻撃はハウリングだけじゃと思い込んでおったんじゃよ。じゃから、装備は物理防御特化型で、状態異常抵抗のみを準備しておったそうじゃ」

「ぶはあっっっ。あ、よごしてすまねえ。いや。いやいや。そんなあほな。こどもでも知ってるぜ。われらが陛下の特殊スキルの数々は」

「こどもなら知っとるな。じゃが、王宮のお偉いさんがたは、知らなかったんじゃ。そんなこと、今さら驚くことでもないじゃろ？」

「ばっはっはっはっは。そりゃ、そうだ。けどよ、それでも七パーティー残ってんだろう。二人といわず、四人ぐらいで王様を押さえておいて、支援魔法かけまくったら、さすがの王様も、どうにもならねえじゃねえか」

「いや、それがな。押さえは出さなかったんじゃ。総指揮官とやらは、押さえ役を出しもせず、ボス部屋のすぐ外で、次のパーティーに訓示を垂れておったんじゃそうな」

「おいおい、おいおい。そんなことしてたら、殺されるぜえ？」

「殺されたよ。まず、総指揮官殿が。それから、一番近くにいたパーティーが。なぜじゃと思う？やつら、迷宮の王がボス部屋から出られるとは知らなかったんじゃ」

「……は？　おいおい、とっつぁん。ちょっとは理屈の通った話をしようじゃねえか。ミノ閣下が、もしもボス部屋を出られねえとしたら、どうやって十階層から百階層に行ったっていうんだ？」

「どんなうすのろでも、まっとうな人間なら、まずそこを考えるじゃろうなあ。いと尊きかたがたが何をお考えなのか、わしらみたいな下々の者には見当もつかんよ。とにかく、ここまでで、二パーティーがつぶれた。じゃが、サザードンの王がすごいのは、ここからじゃ」

「おうおう。そのここからってやつを聞かせてくれや」

「王がどうやってその場所を知ったかはわからんが、とにかく、軍団のキャンプ場所にまっしぐらに攻め込んだのじゃ。まず瞬間移動術者を殺し、回復役を殺した。次に障壁アイテムを壊して回った。回遊モンスターであるバジリスクを隔離するための障壁アイテムをな」

「うわお」

「そして、これもどうやったのかわからんが、キャンプ場所にバジリスクどもを呼び込んだ」

「やるねえ」

「総指揮官を失い、バジリスクどもに追い散らされた騎士団は、態勢を整えるまもなく逃げまどい、ある者はヒュドラの部屋に踏み込んで殺され、ある者はわれらが大将軍閣下の餌食となった」

「みっともねえ」

「最後が傑作なのじゃが、みとどけ役の伯爵様だけが無傷で残された。夕刻になり、冒険者ギルド長のイアドールが、お抱えの瞬間移動術者とスカウトと防御系魔術師に、こっそりようすをみに行くよう指示を出して、伯爵様は保護された。半狂乱になってわめき散らす伯爵様のお世話をしながら、ギルド長は何が起きたかをすっかり聞き出してしもうたわけじゃ」

「す、すげえ。すげえじゃねえか。われらが二本角大王はよ！　それにしても、どこの師団だか知らねえが、その騎士団の情けねえことったらねえな」

「なんじゃ、それも聞いておらんかったのか。近衛《このえ》第四騎士団じゃ。全員な」

「なんだってえ？　近衛騎士団？　しかも一つの近衛騎士団から、そんな人数を出したってえのか？　それじゃあ、近衛第四騎士団は壊滅じゃねえか？」

「第二王子の、というよりリガ公爵の権威を高めるためというのは、誰がみても明らかじゃったな。近衛から討伐隊を出すのなら各騎士団から選抜するべきだという意見は当然あった。それを、最精鋭で連携も高いという理由で無理押ししての結果がこれじゃ。リガ公爵は、大いに面目を失った。近衛第四騎士団のメンバーというのは、つまるところ、リガ公爵派の貴族の次男や三男じゃからな。派閥のなかに不満や恨みも残る。どうせ誰かに責任を押しつけて立場を守るじゃろうが、この出来事の真相は国中が知ることになる」

「うんうん。俺も、知らせる手伝いをするぜ」

ろうがな」


「くっくっく。せいぜい広めてくれ。まあ、もうイアドールのやつが、さんざん種まきしてるじゃ
「なあ、とっつぁん」

「うむ、何じゃな？」

「冗談で、サザードン迷宮の王なんて呼んでるけどよう、あのバケモンさあ」

「うむ」

「確かにバケモンにはちげえねえけど、偉えバケモンだよなあ」

「その通りじゃ」

「十階層に生まれて、どうやったか知らねえが、ボス部屋を出られるようになって。手強《てごえ》え敵をどんどん倒して強くなって、今までミノタウロスが身につけたことのねえ、すげえわざを習い覚えていってよう」

「確かにそうじゃ」

「だんだん下に下りながら、各階層のボスに戦いを挑んで。最後にゃメタルドラゴンを殺して百階層のボスに収まっちまった。そんだけ強えのに、自分からは決して人間を襲わねえ。突っかかってくる冒険者は殺すけどよ、逃げ出したら、手出しはしねえ」

「自分より弱い者は相手にせん。たいしたものじゃ。あのミノタウロス閣下はの。殺したいのじゃ

ない。戦いたいのじゃ。武人として戦いたいのじゃ」

「それよ！　その武人てやつよ。それに大商人でもあらあな」

「大商人じゃとな？」

「おうよ。俺の商売の師匠が、よく言ってたのよ。しっかり苦労できるやつは、やがて大きな商いができるようになるってな。牛角の大将はよう。自分から苦労をしょいこんで、見事におっきくなりやがったのよ」

「なるほどのう。あの怪物は商売する者のお手本か」

「そうよ！　どえれえお宝をため込んでるにちげえねえ。お大尽様ってわけよ。よう、とっつぁん」

「何じゃ？」

「飲みにいこうぜ」

「ちょっと早すぎるが、まあええか」

「おうよ。われらが魔獣王の勝利に乾杯だあっ」

「いや、それは、ちとまずいじゃろ」

「じゃあよ。わが王の栄光に乾杯だっ。どの王とは言わねえけどよ」

「はっはっは。のう、トルモン」

「なんでえ」

「いつか英雄が現れて、サザードンのミノタウロスを倒すじゃろうな」

「一人でかい？　そりゃ、いくら何でも無理ってもんだ」

「無理なんてことはないんだと、他ならぬミノタウロス殿が教えてくださったじゃないか。いつか、たった一人で正面から、正々堂々あの迷宮の王を倒す人間が出る。案外、王はその日を楽しみにしてるんじゃないかのう」

「店長、すみません。お客様が攻撃力付加の恩寵《おんちょう》がついた片手剣をお求めなんですが、ちょっと出ていただけませんか」

「わかった。トルモン、すまんが、しばらく待ってくれ」

あいよ、と答えた行商人トルモンは、椅子を三つ並べてごろんと横になった。

サザードン迷宮の周辺は繁栄の時を迎えていた。

上級冒険者が集まり、それに引かれて中級冒険者が集まる。

腕利きの職人が、商人が集まり、最高級の物資が集まる。

それは、初級冒険者たちにも恩恵をもたらす。

それら幅広いレベルの膨大な数の冒険者たちを受け入れる容量を、サザードン迷宮は持っていた。

迷宮からもたらされるアイテムは、その質も量も他の迷宮を圧倒していった。

冒険者から物を買う店や、それを買い取って加工する店。

冒険者に物を売る店。

食事や宿泊や、その他のサービスを提供する店。

ここの冒険者ギルドは、仕事の斡旋《あっせん》も各種のサポートも、実にしっかりしている。

冒険始めにここを選ぶ新米冒険者も多い。

よそから来て、ここに住み着く冒険者も多い。

彼らの最終目標は、迷宮の王の撃破だ。

それは、現代において英雄になることを意味する。

しかしそれは、遠い未来のことになるだろう。

だから当分は旅の空で、他のどこにもいない強大で誇り高いユニークモンスターのことを話題にして、お国自慢をすることができる。

そういえば最近ミケーヌの街では、ぼろぼろの服を着て腹を減らしてうろつくこどもをみなくなった。

「これも、われらが王の御徳《みとく》の賜《たまもの》ってえものにちげえねえな」

うつらうつらとまどろみながら、トルモンは独りごちた。

2

「パン＝ジャ。少し落ち着け」

「落ち着いていないようにみえるのか」

「ああ。高ぶりすぎじゃ」

「ふふ」

パン＝ジャ・ラバンもローガンも、鎧《よろい》に身を固めている。

当主ユリウスも鎧姿だ。

もうすぐリガ家が攻めてくる。

乾坤《けんこん》一擲《いってき》の戦いが始まるのだ。

奇妙なミノタウロスが現れパーシヴァルがこの世を去った年から、十七年が過ぎた。

二十四歳となった騎士パンゼルは、今まさに王宮において、ミノタウロス討伐の王命を受けているはずだ。

そしてパンゼルが迷宮にもぐって留守をしているあいだに、リガ家の兵がメルクリウス家を襲撃する。と同時に王宮を兵で包み第二王子への譲位を迫る。

これを防ぎきれば、リガ家は滅亡するほかない。それこそがパン＝ジャ・ラバンの悲願である。

「王宮から家臣が帰りました」

「通せ」

パン＝ジャはすでに家宰の座を後進に譲り貴紳として尊ばれている立場であり、老齢と病のため床《とこ》に就いていたが、この非常事態にあたり、褥《しとね》から起き上がって現場に復帰し、家兵の総指揮を執っている。

「帰着いたしました」

「王命はくだったか」

「はい。騎士パンゼルはみとどけ人とともに、迷宮に向かいました」

「みとどけ人は誰か」

「エバート・ローウェル様です」

ほっとした空気が場に流れた。

ローウェル家は直閲《ちょくえつ》貴族家であり、エバートは高潔な人物だ。枢密顧問官の要職にあり、王の信頼する相談相手である。リガ家に加担することなどあり得ない。

万一にもリガ公爵の息のかかった者がみとどけ人とならないよう最大限の働きかけを行ってきたが、この点だけが心配だったのだ。

「ということは、瞬間移動をする魔法使いも、エバート殿ゆかりの者か」

「は。ローウェル家の家臣であります。迷宮ではギルド専属の転送係が待っております」

瞬間移動の使い手は、一度行った場所にしか転移できない。だから最下層まで一度連れていってもらう必要がある。

「討伐条件は」

「は。騎士パンゼルは、回復アイテムと食料の携行が禁じられました」

「食料？」

回復アイテムが禁じられるのは予想のうちだった。千年ぶり二十五人目の王国守護騎士を誕生させようというのであるから、その武威は圧倒的なものでなくてはならない。リガ家がそういう理屈をごり押ししてくることはわかっていた。それにしても回復アイテムの禁止は厳しい条件だが、パンゼルならやり抜くだろう。

だが食料の携帯禁止という条件が理解できない。決闘の最中に食事などできるはずもないのに。

「広場に集結したガレスト軍に動きがあります！」

考えている場合ではない。敵が来る。

リガ公爵は二つ考えちがいをしている。

一つは、ミノタウロス討伐に向かったパンゼルが帰ってこないと考えていること。

二つは、病床に就いていたパン＝ジャ・ラバンが起き上がれないと考えていることである。

（その考えちがいがお前を滅ぼす）

（リガ公アルカンよ）

（まずはきさまの長男ガレストが死ぬ）

（踏みにじられた者たちの恨みの深さを）

（今日こそ思い知るがよい）

3

人間が近づいてくる。

間違いなく、この部屋に向かっている。

ずいぶん久しぶりだ。

だが、待った甲斐《かい》があった。

これは、とても強い人間だ。

そうミノタウロスは思い、愛剣を手に立ち上がった。

メタルドラゴンを五十回目に倒したときドロップした剣である。

黒く、肉厚で、きわめて長大な剣で、先端部に向けてやや幅広となっている。

片刃であるが、切っ先のほうでは両刃となっている。

手に入れた武器のなかで五指に入る恩寵を備えているが、何よりその長さと重さと両手に余る握りが気に入っている。

一見無骨でありながら、刀身の隅々までが使い手の意志をくみとってくれる。

無心にふるうとき、この剣はミノタウロスと一体となってくれた。

刃には鋭さが欠けているが、しかるべきわざをもってふるえば恐るべき切れ味をみせる。

この剣を手に何度も何度もメタルドラゴンを倒し、剣技の工夫を重ねた。

部屋に入ってきた人間は、たった二人であった。

「異形の戦士よ、お久しぶりです。といっても、ご記憶にはないかもしれませんね。十七年前、この迷宮の一階層で、私はあなたとお会いしました。あなたは私に腕輪を下さいました。その腕輪のおかげで、私はお仕えすべきおかたにめぐり会うことができました。母の病気を治すことができ、幸せな最期を迎えてもらうことができました。お礼を言います」

ミノタウロスには、人語を解することはできない。

だが、この儀式のようなものが終わったら、こいつは最高の闘気を放ってくる。

そう知っていたミノタウロスは、騎士の言葉が終わるのを静かに待った。

「このたび、王命によりあなたを討伐いたします。あのときお借りしたものを、今日、私の武をもってお返ししたいと思います。お受け取りください。後ろの人はみとどけ人です。戦いには参加しません」

黒い目と黒い髪を持つ騎士は、白銀に輝く剣を抜いて一歩を踏み出し、後ろの男は、入り口近くにとどまった。

ミノタウロスは、自分の相手は目の前の男だけであると理解した。

互いに剣を手にして相対したとき、ミノタウロスは、目の前の若者がいよいよ格別の強者であると知った。

間違いなく、これまでに戦ったなかで最高の剣士である。

ともに近寄ってお互いの間合いに入る瞬間、ミノタウロスはようすみの攻撃を仕掛けるつもりだった。

その先を押さえて、騎士が、すっと攻撃を放ってくる。

うまいな。

こちらの呼吸を盗んだ間の取り方に感心した。

騎士は長く美しい白剣を両手で持ち、右下から左上に切り上げる斬撃を繰り出してきた。ミノタウロスの側からいえば左下から胴を払う太刀筋である。

ミノタウロスは、両手で構えた剣を右下からかちあげて、騎士の攻撃をはじこうとした。

だが、おのれの黒剣と騎士の白剣がふれ合う寸前、背筋を悪寒が走り抜けた。

尋常の気迫では、この剣は受けられない。

そう直感したミノタウロスは、剣と両腕に気根を込めた。

何げなく騎士が放ったかにみえた風さえまとわぬその一太刀は、考えられないほどの重さをもってミノタウロスの剛剣を嚙《か》んだ。

その重さは一瞬で消え、騎士はミノタウロスの防御の反動を利用して剣を跳ね上げ、あざやかな曲線を描いてミノタウロスの首を刈りにきた。

まるではじめから予定されていたかのような、自然でむだのない剣の動きである。

なんたる手練《てだ》れか！

このとき、ミノタウロスは、おのれの腰から熱い奔流が噴き出し、背骨を通り抜けて頭のなかではじけ回るような感覚を覚えた。

こいつだ。

こいつだ。

こいつと戦うために、俺は生きてきたのだ。

こいつを殺すために、俺は強くなったのだ。

左首筋に飛び込みかけた騎士の剣を、黒剣で強引に下からたたき上げた。

騎士がミノタウロスの首を狙える位置に踏み込んだということは、ミノタウロスが騎士の全身を間合いにとらえているということでもある。

ミノタウロスは、剣を返して左下に突き込み、すりあげるように騎士の右脇に攻撃を入れようとした。

騎士は深く踏み込みすぎており、ここは傷を浅くする方向に跳びすさるしかないはずだった。

ところが、騎士はまったく逃げようとせず、空中で剣をくるりと回してミノタウロスの右首筋を刈りにきた。

ミノタウロスは、左手を剣の握りから離して右手の肘を曲げ、剣のつかで騎士の刀身をはじいた。

軌道の変わった剣を、首をひねってかわす。

騎士の斬撃は、右角をなかばから斬り飛ばすにとどまった。

ミノタウロスは驚いた。

こいつ、今、自分の身を守ることなど何も考えず、平気でこちらの首を取りにきた。

なんというやつだ。

騎士の剣が一瞬泳いだため、ミノタウロスに攻める余地が生まれた。

ミノタウロスはすっと左手を添え戻し、剣に時計回りの円を描かせた。

美しい真円である。

ミノタウロスは、あの剣士との死闘以来、剣が描く美しい円を何度も何度も思い出した。

あのような円を、俺も剣に描かせてみたい。

そう思い、修練を積んだ。

水平の円。

垂直の円。

剣先で描く円。

刀身全体で描く円。

巻き込む円。

はじき飛ばす円。

そして、つかみ取っていった。

円の美しさ、強さ、揺るぎなさを。

今放つのは、修行によってつむぎ上げた最強の攻撃である。

騎士の頭上をよぎった円は、まもなく騎士の腹に吸い込まれる。

たとえこの騎士が万全の構えで応じたとしても、受け止めもそらしもできないほどの威力だ。この円弧のなかは、ミノタウロスの絶対制空圏なのである。

騎士の腕は伸びきり剣の勢いも失われている。防御など不可能だ。

あのときあの人間の剣士の描く円を俺がどうしようもなかったように、お前もこの円のなかに踏み入った以上、滅びるしかない。

逃げきることは不可能だ。腹か腰か足を刈り取らずにはおかない。

戦いの終わりをなかば確信してわざをふるうミノタウロスがみたものは、剣を引き戻しつつ半歩後ろに下がろうとする騎士の動きであった。

騎士は、確然たる軌道をもって迫る死そのものである黒剣を、はじきも受け止めもせず、同じ円を描いた。

半径も軌道も瓜二《うりふた》つのまったく同じ円を。

黒剣と白剣の二ひらの刀身は、出会いを約束された運命の恋人のようにぴたりと寄り添ったまま、虚空に円弧を描いた。

ミノタウロスは、おのれの剣の軌道を維持しようとしたが、余分な速度を与えられた切っ先は、描くべき軌道を飛び出してはじき出された。

騎士の剣先は、本来黒剣が取るべき軌道をなぞると、そのまま騎士のもとに引き戻された。

両者は、同時に身を引き気息を調える。

わずか二呼吸のあいだのこの攻防は、その一合一合が、しびれるほどの快感を与えた。

一撃一撃その興奮は高まり、心臓が止まるかと思うほどの恍惚感《こうこつかん》が体を満たした。

同時にミノタウロスは、今のやりとりのなかで相手の弱点を知った。

それは剣である。

騎士の白剣は、それなりの業物ではある。だが、この黒剣に秘められた力を解放すれば、あの白剣は折れ、あるいは砕けるだろう。

単なる技術では、この人間は倒せない。一撃に自分のすべてを込め、最大の破壊力をもって打ちかかることを、ミノタウロスは心に決めた。

そして、攻撃力倍加、筋力強化、ダメージ軽減防止、クリティカル発生率倍加のスキルを発動させた。

ミノタウロスがスキルを発動させているあいだに、騎士のほうでも何かスキルを発動させていた。

いい勘をしている。

やつも、ありったけの攻撃力を剣に込めているのだろう。

だが剣と剣を打ち合わせたとき、白剣は折れ、お前は死ぬ。

ミノタウロスは、大きく息を吸い込みつつ、頭上に高々と黒剣を構え、最後の一絞りまで気を込め尽くすと、巨大な円弧を描いて大上段から渾身《こんしん》の一撃を打ち込んだ。

騎士も、雄大な円の動きで真っ向からこれに応じる。

黒と白と二つの剣が、はじめて正面から激突した。

瞬間。

すさまじい音を立てて火花を放ち、二本の剣は砕け散った。

白剣は薄く青みがかった銀のかけらとなり、黒剣は赤紫のかけらとなって、ほの暗い洞窟の空間を埋め尽くすように飛散し、煌《きら》めきながら降りりそそいだ。

うつくしい。

と異形の怪物は思った。

それは、地の底に生まれ地の底に死ぬこのけだものが、生涯にただ一度みた満天の星である。

〈武器破壊〉

もちろん、このスキルは知っている。

ミノタウロス自身も使うことができる。

しかし、この黒剣を打ち砕くほどに練り込むとは。

それ以外の応じ方をしていたら、騎士は致命的なダメージを受けていたはずなのである。

さて、ここは両者ともに引いて新しい剣を出す場面であるが、騎士は予想もつかない行動に出た。

なんと、素手のまま両手を大きく広げてつかみかかってきたのである。

この俺に力比べをいどむつもりか？

ほんの少しとまどいながら、ミノタウロスもこれに合わせた。

右手は左手と、左手は右手と組み合わされ、指は相手の指を固く締め付ける。

騎士も人としては大柄であるが、ミノタウロスは頭一つ分以上高い。

上から押しつぶすようにのしかかった。

だが、つぶれない。

騎士の腕力はミノタウロスの膂力《りょりょく》と拮抗《きっこう》し、少しも押されるところがない。

驚くべきことである。

騎士は、小手をつけた指でこちらの指を巧妙に締め付け、さらにこちらの筋肉が充分な力を出せない方向に、力の向きを誘導している。

つまりこれは、みた目通りの単なる力比べではない。

わざによる攻めなのである。

そうとわかっても、人間ふぜいに力比べを挑まれているという事実に、暴力の化身である魔獣は怒らずにはいられない。

ふざけるな。

小手先のわざで俺の力を受けられるつもりか。

ミノタウロスは小さく息を吸い、一気に力を込めてのしかかった。

しかし、これこそ騎士の待ち望んだ瞬間であった。

そのタイミングに合わせて騎士は体をひねり、腰に乗せてミノタウロスの巨体を投げ飛ばしたのである。

ミノタウロスには、まるで自分の力で自分が飛び出していくように感じられた。

騎士は、地面にたたきつけられたミノタウロスの右手首を右手でつかみ、ぐるっと背中側に回すと、右膝で背中を押さえつつ、左腕をミノタウロスの首に巻き付けた。

そのまま、ぐいぐいと首をひねりあげる。

まずい。

このままでは殺される。

ミノタウロスは、地面に押さえつけられたまま、ばたばたと足を動かそうとしたが、うまく動かない。

後ろ手にからめ捕られた右手が、どうにも全身の動きを妨げる。

左手で騎士の左手をつかみ、首から引き離そうとするが、できない。

騎士は、人間とは思えない金剛力を発揮していた。

その腕は青銅のように硬く、ミノタウロスの強い指が食い込むことを許さなかった。しまった。

これも何かのわざだったか。

俺が剣に込めるスキルだけをいくつも準備していたあの時間に、あの一息を吸い込むだけの時間に、こいつは次々につなげて使うスキルを準備していたのか。

ミノタウロスはなんとか耐えようとするが、騎士の筋肉は異様な強靱《きょうじん》さをもって抵抗を押しつぶす。

やがて、ばきっとにぶい音が響いた。

やられた。

首の骨を折られた。

ミノタウロスの全身から力が失われた。

まだかろうじて生きているし、少し時間を得られれば再生スキルにより負傷を修復することができるだろう。

だが、この騎士がその時間を与えることはない。

すぐに首が斬り落とされるだろう。

すべての戦いは終わった。

悔いはない。

この人間は、体の力と、剣のわざと、素手の戦技のすべてにおいて、武人としての極みをみせてくれた。

こんな戦いを味わえる日が来るとは。

言葉を知らぬミノタウロスには、自らに加護を与えた神の名も、その約束の文言《もんごん》の意味もわからない。

だがあのとき二度目の命をくれたあの存在は、自分の願いをまさに今かなえてくれたのだと、その全身で理解していた。

ミノタウロスは、低く長い唸《うな》り声を洩《も》らした。

それは、魔獣が命の終わりに大地神ボーラに捧《ささ》げた感謝の祈りである。

4

首の骨の折れる音が聞こえたとき、パンゼルは賭けに勝ったことを知った。

討伐の王命が下るかもしれないと知ったときから、準備を進めてきた。

冒険者ギルド長に協力を要請し、このミノタウロスの来歴や技能、体の構造や特性を徹底的に調査し研究した。

その結果、選び取った戦法が格闘技だった。

ミノタウロスの骨格、筋肉、関節などは、驚くほど人間に近い。

普通のモンスターには通用しない関節技などが、有効である可能性が高い。

しかも、そうした攻撃を、このミノタウロスはほとんど経験したことがないと思われる。

このミノタウロスは、剣技に熟達している。

剣技では必ずしもおくれは取るまいが、肉体の強靱さは信じがたいほどで、いったいどれだけのダメージを与えれば倒せるのか見当もつかない。

一人でメタルドラゴンと一昼夜以上戦い続ける体力も持っている。

剣と剣の戦いでは倒せる道がみえず、持久戦となれば明らかに分が悪い。

だから相手の武器を破壊し、肉弾戦に持ち込み、関節技に相手が対応できないうちに、首の骨を折る。

ミノタウロスに素手で挑むという、一見愚劣極まりない方法にこそ、パンゼルは活路をみた。たまたま、ジャン＝マジャル寺院の高位の武闘僧がバルデモスト王国の王都を用務で訪れていたので、密《ひそ》かに招いて格闘技の教えを受け、ごく短い時間なら飛躍的に筋力を増大させるわざなども教わったのである。

ローガンの指導のもと、武器破壊のスキルにも磨きをかけた。

そして今、確かに首の骨を折った。

まだ、完全に死んではいないが、瀕死《ひんし》といってよい。

ここで首を落とせば、このミノタウロスは死ぬ。

騎士が、〈ルーム〉から予備の剣を出そうとした、そのときである。

脇腹に鋭い痛みが走った。

みとどけ役の貴族が、騎士の鎧のすきまから短刀を突き刺している。

刺し傷だけではあり得ない痛みと悪寒が、毒塗りの短刀であったことを教えた。

「エバート様。なぜ?」

そのとき、ミノタウロスの全身が痙攣《けいれん》した。

再生スキルによりダメージの修復が始まったためである。

びくりと動いた手がエバートの足に当たった。

短刀を抜き取って騎士から身を離そうとしていたエバートは、不意を突かれて体勢を崩し、顔面から岩場に倒れ伏す。

ずるずると起き上がるその胸には毒塗りの短刀が突き立っていた。

「パンゼル殿。すまぬ」

自分ももう助からないと覚悟を決めたからか、信頼を寄せられている相手を裏切ったことへの贖罪《しょくざい》なのか、膝を突いたまま逃げようともしない。

「すべては罠《わな》であったのだ。はじめから、すべて。かのミノタウロスに勝てば王国守護騎士に任ずるという約束、そのものが」

「勝てるみこみがないと思われていることは承知しておりました」

「それでも貴公は、この討伐を受けた。受ける以外になかった。王国守護騎士に任じられれば、苦境のあるじを支える発言力が得られるからの。王直々の命であるからには断りようもないが、なんじがその気にならねば、なんじのあるじが承服せなんだ」

「私が死ねば、それでよし。万一勝てば、毒の短剣で勝利を敗北に変ずるため、みとどけ人と立たれたか。エバート様。まさか、あなた様がリガ公の走狗《そうく》となられようとは」

「パンゼル殿。なんじは正しすぎる。なんじの主君も正しすぎる。なるほどリガ家の専横はこのままでよいとはいえぬ。第一王子が登極《とうぎょく》あそばされるのが正しい道ではある。だが第一王子が至尊の冠を戴《いただ》かれれば、リガ公爵派の大粛清はさけられぬ。それでは国が割れる。今のわが国は豊かすぎる。大きすぎる。ふくれ上がりすぎた体軀《たいく》を無理に痩せさせては体がもたぬ」

「諸侯が心を一つにすれば、そうはなりません」

「かりに粛清をなし終えても、北伐はうまくゆかぬ。北方《ほっぽう》騎士団の精強を、なんじが知らぬわけはあるまい。民は塗炭の苦しみを味わうことになろう。そのような時代を招き寄せてはならぬ」

苦しげに顔をゆがめて、エバートは言葉を続けた。

「今ごろ、なんじのあるじの屋敷《やしき》にリガ公の兵が向かっておろう」

「存じております。しかし戦にはなりません。なったとしても負けません。わがあるじのもとには、すでに族兵が集いおります。われらは数においてリガ公爵様の家兵に伍《ご》し、鋭気において勝ります。それは、あなた様こそよくご存じのはず」

「存じておるよ、メルクリウスの智勇《ちゆう》は。だが、今のメルクリウスには勇が欠けておる」

「わがあるじは、過ぐる南蛮諸族の侵攻において、大いに武勲を上げられました。また、ツェン家の反乱に際してはいち早く廟堂《びょうどう》に駆けつけ、歴代聖上の墓所を守り抜かれました。さらに、街道に盤踞《ばんきょ》する賊兵らを、御自ら寡兵を率いて撃破しておられます。これをごらんになっても勇なしと仰せですか」

「メルクリウスに勇はある。それは、なんじよ。かたわらになんじがあれば、かの若き当主は比類なき勇を示す。しかして、なんじを失えば、メルクリウスは勇を失う。しばらくは先の家宰殿が病床から起き上がって指揮を執ろう。しかし長くは続かぬ。家宰殿の気根が尽きるとき、戦は終わる。ご当主の命は救えぬ。が、家は残される。なんじとなんじのあるじが死ねば第一王子もご自裁なさるほかない。陛下はご退位なさり、第二王子が登極あそばす。パンゼル殿。わがしかばねに唾するがよい。すまぬ」

そう言い残して、エバートは死に、その体は消え失《う》せた。

パンゼルは、遺品の前にひざまずき、黙禱《もくとう》を捧げた。

エバートは、はじめから死を決意してここに来た。つまり、迎えは来ない。

外に出たければ、おのれの足で百の階層を駆け抜けるよりない。

凶悪な魔獣たちが徘徊《はいかい》する道も知らぬ迷宮のなかを。

パンゼルには、予備の武器はあっても回復アイテムの類はない。水はあるが食べ物はない。

今回の討伐の条件が、そうなっていたからである。

毒の作用は、パンゼルの抵抗力の高さに抑えられてはいるが、やがて命を奪うだろう。たとえ毒を受けていなかったとしても、食べ物なしでは体力が続かない。

途中で冒険者に出会うことができれば、ポーションや食料を借り受けることもできる。

しかし、今は豊穣祭《ほうじょうさい》の最中である。迷宮内で人に会える希望はないといってよい。とうてい出口にたどり着けるものではない。

まして戦いにまにあうことは望むべくもない。

それでも、パンゼルにとり、これからどうすべきかは明らかであった。

「異形の戦士よ。あなたに、おわびしなければなりません。私には、やらねばならないことができました。いつか決着をつけに帰ってきます」

ミノタウロスは、目の前の人間に自分が負けたことを知っていた。

邪魔がなければこの人間は自分の首を斬り落としていたはずなのである。

勝者には報酬が与えられねばならぬ。

ミノタウロスは起き上がり、〈ザック〉から、この人間に与え得る最高の報酬を取り出した。

一本は片手剣。

一本は短剣。

それを人間の前に置いた。

パンゼルは、しばしの逡巡《しゅんじゅん》のあと二振りの剣を受け取った。

もしもパンゼルが鑑定技能を持っていたら、この二振りの性能に驚愕《きょうがく》したであろう。

片手剣は百体目のメタルドラゴンを倒したときにドロップしたものであり、〈ボーラの剣〉という銘を持つ。

込められた性能はすさまじい。

攻撃力三倍
クリティカル発生率二割増加

移動速度八割増加
攻撃速度八割増加
体力吸収一割
精神力連続回復二割
全基礎能力六割増加
破損自動修復

そしてこの恩寵は迷宮の外でも有効なのだ。まさに神器と呼ぶべき宝剣である。
また、短剣は、〈カルダンの短剣〉という銘を持ち、これも迷宮の外でも有効な、最上級の恩寵品である。

状態異常全解除
解毒
聖属性付加
知力二倍
階層内地図自動取得

騎士パンゼルは、片手剣を右手に、短剣を左手に持つと、ミノタウロスに一礼して部屋を出ていった。

5

それから、二十八年が過ぎた。

ミノタウロスのもとを訪れる人間は、一時増えたが、やがて減った。

今、新たな挑戦者がミノタウロスの前に立っている。

黒い目と黒い髪をした青年騎士である。

右手には、二十八年前自分に勝った男に与えた剣を持っている。

左手には、強力な恩寵を備えた盾が構えられている。

こちら側からはみえないが、ミノタウロスの探知スキルは、盾の裏にやはり覚えのある短剣が差し込まれ、左手に昔みた腕輪が装着されていることを教えた。

指輪にも首の護符にも格別の恩寵を感じる。

何よりこの騎士は、すばらしいわざと心気《しんき》の持ち主である。

ミノタウロスの全身は、激しい戦いの予感に打ち震えた。

支援BIS（しえん・びす）

岡山県倉敷市生まれ。2011年から「小説家になろう」に投稿を開始。以後、同サイト上で創作活動を続ける。代表作に『辺境の老騎士』（エンターブレイン）。

レジェンドノベルス
LEGEND NOVELS

迷《めい》宮《きゅう》の王《おう》 1 ミノタウロスの咆《ほう》哮《こう》

2019年1月7日　第1刷発行

［著者］ 支《し》援《えん》BIS《びす》
［装画］ 目《め》黒《ぐろ》詔《のり》子《こ》
［装幀］ シマダヒデアキ（L.S.D）

［発行者］ 渡瀬昌彦
［発行所］ 株式会社講談社
〒112-8001 東京都文京区音羽2-12-21
電話 ［出版］03-5395-3433
［販売］03-5395-5817
［業務］03-5395-3615

［本文データ制作］ 講談社デジタル製作
［印刷所］ 凸版印刷株式会社
［製本所］ 株式会社若林製本工場

N.D.C.913 270p 20cm ISBN 978-4-06-513691-1

レジェンドノベルス
LEGEND
NOVELS